亂世兒女——民初歷史小說

李安娜 著

光陰荏苒日復一日蹉跎
誰明瞭你心潮波瀾壯闊
仰望雲天穿越時空
飄零的世代誰來訴說
太平洋的風吹著你和我
孤兒的船帆在徐徐降落
遙向故鄉作別揮手
安身立命不再飄泊
他徜徉彼岸妳高飛遠走
海角天涯何時逾越鴻溝
火紅的青春曾經擁有
何須去追問誰對誰錯
亂世兒女從容不迫
時代風浪中歲月如歌
祈願大愛治癒心靈傷口
讓夢中的深情依然執著
哪怕世間有種愛，叫愛不得

自序

濱城廈門是我童年天真爛漫的出生地；桐城泉州乃吾讀書成長的父母故鄉；命運偏將我驅逐，在山城安溪插隊耕教多年。這一片土地曾予我歡笑和哀傷。我奢望能將這本書獻給前半生住過的地方，那裡有我的祖先、我的鄉親和友人，縱使有的已經上了天堂。我無法克制每時每刻對他們的念想。

目次

第二部

楔子

閩南地區有一座古老的刺桐城，它是海上絲綢之路的起點，悠久的歷史文化尤其體現於地名。據說城中共有三百八十八條街巷，當你走在某條巷弄內，不僅贊歎還保存的古老建築，而且驚訝於那些小巷之名，認真細想大概都是有典故的呢。就說我的故事吧，講的雖是近代人，卻生活在有五百年歷史的一條巷內，這條巷名叫通政巷。元朝的「通政院」是主管驛站的中央官署。「通政」，又可稱通政使，中國明朝、清朝中央官制之一，正三品。可以想見當年這裡曾住過多大的官。

現代人退了休有老年大學、老人中心，耆英們吹、拉、彈、唱、奕棋聊天、習字畫畫、打太極拳、跳廣場舞，如此頤養天年甚是寫意。遠在五百年前的明朝弘治年間，乙丑年（一五〇五）南京通政使張苗（字世英，號實齋）退休不願回原籍同安金門，大概怕鄉間寂寞吧，便在刺桐某處置地建府第，欲參與蔡清、顧美諸名流組織的「逸樂會」。估計這「逸樂會」即是一家上流社會的老人俱樂部矣。於是府第所處之巷遂稱「通政巷」。

張苗的祖先係河南人，宋仁宗八年（一〇三〇）入閩，居同安金門青嶼。俗話說，「泉州人，個個猛」，不妨秀秀老張家族的威水史。明正統己巳（一四四九）鄉寇作亂，張苗的叔祖張益彬有勇略，被薦為千夫長領眾禦敵而樹奇功。然而當地某土豪與張家有夙仇且嫉恨，千方百計誣之以罪，至使官府將張氏一門數十人處決、五人充軍。張苗三個叔叔張敏、張慶、張本尚年幼，被殘忍地執行閹刑後送入京師當太監。後來張家冤案得到昭雪，叔叔們蒙皇上恩賜無罪並做了官，張苗的父親還被封將軍。此段慘痛的家史或許是張苗不願回鄉的真正原因吧。

今張苗府第遺址早已湮沒，此巷名延用至今逾五百年歷史。一條條街巷一座座老宅一家家祠堂，都有其各自的根脈、韻味和靈魂，遊子的思鄉正因為懷念它們，那種說不清道不明又繫於心深處的一股鄉愁。

除了已不存在的張府，這條巷內曾居住過不少大戶，比如明代黃鳳翔的尚書府，早些年宅子部分已改建為電子儀器廠。宅內中廳上方仍懸掛著黑色匾額，上有金色「榜眼」二字，旁邊注釋著「紀念文簡公」、「榮登明隆慶二年榜眼」、「膺任南京禮部尚書」等字樣。

通政巷二十二號實為龔丕顯文魁宅，宅邸三開間三落雙護厝。龔丕顯乃清咸豐元年舉人，龔氏翰林後代人才輩出。大門前的楹聯：〈祠林鍾武　試院衡文〉向過往路人宣示主人曾經的顯赫。後院有叢百年老鐵樹。

現被改造成「印記閩南文化驛站」的通政巷四號則是蘇廷玉故居。本來這座府第有五進五開間，屋頂為燕尾脊結構。蘇廷玉是宋代宰相蘇頌的第二十六世孫，清嘉慶十九年為進士，官至四川總督。蘇廷玉卸任南歸後，在此安度晚年，蘇家錢莊曾經鼎盛一時。

蘇廷玉故居為人所稱道的還有一座小姐綉樓。綉樓為兩層磚木結構，通高三米，占地面積一二〇平方米，屋頂四脊飛翹。樓上小廳兩邊閨房前有涼台，部分雕鏤華麗的木質結構花窗顏色脫褪，老化糜爛岌岌可危。

龔氏大屋隔壁，就是曾經的王氏祠堂。今天你走進通政巷必能看到傳承百年木偶文化的「泉州提線木偶戲傳習所」。百年前這裡只有一間老屋和一片菜地，主人據悉是安溪王氏，古屋是他們的祠堂。二十世紀六十年代，木偶劇團將菜地買下改造成排練場，七十年代在屋後加建了一座五層高的樓房，成為泉州市木偶劇團的辦公駐地。嘉禮館內建八卦棚狀的小型舞台，每年春節有傳統劇目演出，農曆正月十六、八月十六春秋兩祭戲神田都元帥。

提起戲神不能不作略略介紹。

雷海青成為戲神應始於南宋初，是人們普遍供奉的戲神，亦是地方保護神，稱「相公爺」、「田都元帥」或「田公元帥」，更是畲民的祖先神。雷海青生於唐•武周元年（六九六年），被羅東畲族雷姓收養。傳南安梅山蘇下村蘇員外之女平生愛吃粟乳，有日路過郊外，誤食「春社」粟乳而孕，生下孩子，其父認為不祥將嬰兒棄置田塍。不想田中螃蟹吐沫濡之，母鴨含食餵之，小兒竟三天不死。

後來畲族人雷阿公的戲班收養了這個私生子，取名雷海青。該戲班常在泉州、莆田一帶演出，人稱雷家班。相傳雷海青自小精通韻律、能歌善舞，為唐玄宗賞識成為宮廷梨園教官，戰時不願為安祿山獻藝被殺死後成仙。細心的讀者或曾留意，閩臺兩地的田都元帥塑像即戲神雷海青，額上或嘴角都繪有一隻螃蟹，且供品中不能有螃蟹和鴨子，即源於上面的神話。羅東坑口一帶歷史上確是著名的戲劇之鄉，人稱「戲窩」，具有歷史久遠的戲班傳統。早年有嘉禮戲雷家班、梨園戲班以及後來的高甲戲班，歷代藝人層出不窮。

刺桐城說大不大說小不小，幾乎條條街巷皆有名堂。東邊的何衙埕、新府口、後城街、狀元街、相公巷、廣平倉，西邊的舊館驛、清軍驛、許厝埕、爐下埕、莊府巷、甲第巷，數不勝數。筆者曾經講述東面鎮撫巷一個大宅門，現在講的是西面通政巷一戶普通人家。

第一部

第一章 小巷人家

民國十二年（一九二三）。

早春，濛濛細雨下個不停，下得叫人心煩。充滿水氣的天空陰沉得令人壓抑，潮溼又寒冷。趙府園子裡的草木都被浸泡得飽滿腫脹，花葉蔫蔫的無一絲生氣，黯然的枝椏看不到新芽。街面溼淋淋的到處是水窪，路上一片泥濘，黃包車拉過濺人一身泥漿。人們都換上木屐避污水，穿鞋襪只會溼了腳又將髒水帶進屋，從門外一路溼到廳堂和裡間。

宅子是主人趙連達五年前買地建的。前面廳堂掛著中堂條幅，擺著一派古色古香的家具。二進院東邊兩廂房是大太太錢氏和兒子的房間，二太太傅盈盈住在西邊後房，前面是老爺的書房。雨勢突然變得狂暴，屋頂上的瓦片早已被洗刷得發白，天井屋簷邊角上的水匯聚經滴水瓦落下來。傅盈盈手撐著腰從房裡走出來，艱難地到後廳堂捧出一隻大木盆，想蓄一盆乾淨的雨水洗衣裳。大腹便便的二太太無法去井臺打水，傭人劉嫂又忙的半死，儲下不少骯髒衣服沒洗。不料木盆尚未放好腳下卻一滑，整個人仰面跣足跌出去，後腦勺重重地磕在台階上。女人急切中下意識地兩手捧著肚子，只覺頭一暈當下不醒人事。

劉嫂剛收拾好女主人房間，準備穿過天井到後院去做午飯，聽見響聲急跑出來，見狀大聲驚呼哭叫。我的天！怎麼辦哪！怎麼辦哪！東廂房的大太太錢氏聽見喊叫慢吞吞出了屋，一邊走一邊罵：吼叫什麼，死人了嗎？劉嫂說，二太太跌暈過去了，恐怕是動了胎氣，看她身下的水都紅了。錢氏見地上果然有血，心下也害怕起來，嘴裡卻仍是罵道：哭有啥用，還不快去叫人幫忙抬上來。說完低下身用力拍了姨娘兩個巴掌，小賤人別裝死嚇唬人，這一尸兩命我可擔不起。傅盈盈漸漸甦醒過來，感覺肚子一陣陣劇痛大聲呻吟呼喊。

劉嫂這才鎮定下來，跑去隔壁請了同鄉姐妹鄰家傭人春花，兩個人合力將二太太扶進房。撕裂的疼痛令傅盈盈越叫越大聲，血流不止把床鋪都染紅了。劉嫂對錢氏說，姨娘流了這麼多血，孩子若生不出來就出大事了，老爺回來會責怪我們照顧不周的。我去叫人力車送惠世醫院吧？錢氏瞪大雙眼說，那棵野花這麼金貴要上醫院生孩子啊？父母之命媒妁之言明媒正娶的我，三胎都是在家中生的。去新門街口叫蘇先生嫲！劉嫂只好聽命，轉而作揖請求春花留下來幫忙，說燒燒水看顧姨娘，等我回來再走吧。話沒說完就箭一般射出去。

劉嫂心想人命關天不能拖，向太太拿錢叫車只會討罵，自己先貼上車錢，待老爺回家再問他要。於是自作主張揮手叫了輛人力車，一屁股坐上去，快！快！快！到了新門街口叫小伙子等等千萬莫走，佛祖說救人一命勝造七級浮屠。蘇先生嫲恰好在家，揹上藥箱拎起家什坐上車子，車夫收了錢立即飆車。

所幸盈盈才十七歲，年紀輕體質好只是跌倒早產，接生婆又是個極有經驗的，當劉嫂渾身上下滴著水趕回來時，恰好聽到嬰兒的啼聲，阿彌陀佛。她立即換了乾淨衣裳，進房抱起嬰兒幫助洗滌潔淨，再仔細端詳小蹄子。一頭濃密的烏髮，殷紅的嘴唇，粉白的皮膚，手指、腳趾纖長。只是小家伙不停地啼哭，聲音激越彷彿要拆了屋頂似的。劉嫂替之穿好衣物包上襁褓，進東廂房對錢氏說，恭喜太太添了個千金，太太有了公子，多個小姐錦上添花。錢氏瞄了孩子一眼，看似個小美人，氣卻不打一處來，罵聲賠錢貨，小妖精不是來討債的吧？顯見討厭孩子不停地哭，揮手示意趕快抱走。

錢氏與趙家同縣不同鄉。鄉下人吃飯靠四季耕作，農民的女兒自小幫父母上山看牛、下田收割、河邊洗衣、割籐養豬、挑水做飯以及帶弟妹，女孩子並不纏足。有錢人家就不同了，三寸金蓮風擺楊柳，學點針黹無非做弓鞋和準備他日的嫁衣。錢氏雲英未嫁時，學得更多的是姑嫂妯娌婆媳之間的搬弄是非。錢家賠嫁多，即便女方年歲比男方大了去，可俗語說：「某大姊，坐金交椅」，趙家的族長親自作媒，說合了這門親事。

錢氏自認對得起趙家祖宗。初嫁過來多年沒有生育，皆因小丈夫是個不諳閨房樂趣的楞頭青，一家人確實都很焦慮。幸虧娘家是個大財主，長兄錢漢生在縣城公安科當科長，公婆心裡有怨言亦未敢輕易為兒子納妾。五年後媳婦終於有孕，翌年生了兒子阿旺，獨苗子集萬千寵愛於一身自不必言，這也是錢氏引以為榮的另一資本。進城之後雖再懷過兩胎，可惜都沒能養下來。要怪就怪趙氏家山風水，不關媳婦的事。這個女人倒也明白，若是丈夫真有外遇，哪個女子果真為趙家添丁，哪怕再不願意也得接納。趙家人丁委實太單薄，無奈自己已經過了生育年齡。原先擔心傅盈盈生個男孩來搶身家爭地位，這下子倒是鬆了一口氣。

趙連達老爺創建了《連達茶莊》，鋪子開在南街繁華地段，店面請了四五個夥計，樓上為貨倉。茶莊經銷武夷岩茶水仙、肉桂、大紅袍、鐵羅漢，安溪青茶鐵觀音、本山、奇蘭、佛手、色種，近年開始賣雲南普洱茶。這些日子他去了鄉下老家，為的是了解今季茶園的生產狀況、探討茶葉合宜的價格、準備投入更多資金、與鄰村幾個茶園主簽訂合同囤貨。男人生意做大了賺了許多錢，見過大世面置下了產業，還能怎樣呢？無非經常出去應酬觥籌交錯，有時免不了花天酒地小賭怡情，難道天天在家看黃臉婆的嘴臉？傅盈盈就是他兩年前去收購武夷茶時娶回來的。

傅盈盈自小死了父親、母親改嫁，跟著奶奶在叔叔家過活。三年前奶奶過了身，盈盈在叔叔的茶園幫手，十五歲尚未有婆家。趙連達見到這個長眉秀目、甩著烏亮大辮子的窈窕少女，覷其斟茶倒水的美妙身姿，回眸一笑的深深酒窩，簡直驚為天人。天生麗質是城裡庸脂俗粉無法比擬的，更不必提錢氏那裹長腳布的婆娘。

連續幾晚，癡念令男人輾轉反側無法入眠。借重幾層親戚關係，費去多少唇舌周折，豐厚的聘禮令當地的農戶咋舌。趙連達的闊綽大方雖讓傅家叔叔臉上十分光彩，但他還是徵求了姪女的意見，叫盈盈自己拿主意。嫁給這位富人從此可以離開大深山，不再日曬雨淋過城市五光十色的生活，姑娘不在意做小答應了這頭親事，而趙連達也保證他的女人一輩子衣食無憂。

小星過門看盡大婆的白眼，卻也享盡榮華富貴，吃的魚肉米飯，穿的細棉綢緞，上街坐人力車輛。白天吃飽了睡大覺，晚上羅紗帳內顛鸞倒鳳，男人幾乎夜夜在自己房裡過。丈夫興致來了，偶爾也帶她出去逛逛街聽聽曲看看戲。一年後盈盈害喜，吃什麼都嘔得排山倒海，苦了女人男人卻高興得手舞足蹈，每天回家大包小包零食，盈盈最愛「鹹酸甜」。於是丈夫天天光顧〈源和堂〉，什麼青果豉、加應子、八珍梅、李鹹餅、草橄欖，日日不同款。這類用鹽、糖及中藥將水果研製加工成的蜜餞，可增食慾、健脾胃、生津消食。跑腿的店夥計都在竊笑老闆，偷偷羡慕二太太好福氣，可也引來大太太錢氏的十二分妒嫉，刻薄的話語不絕於耳。盈盈當面隱忍不語，背後嗤之以鼻當大婆唱歌。

嫁過來兩年傅盈盈並不曾認識朋友，一是大戶人家不時興年輕女人拋頭露面，二則有大婆從早到晚充當監護人，想單獨外出哪有那麼容易。這一趟男人要出遠門，適逢自己就快生產，非常希望丈夫能陪在身邊，桐城根本沒有一個娘家親戚。然而男人做生意賺錢比什麼都重要。離家的前一夜盈盈依偎著丈夫，眼中強忍著淚。趙連達摟著小妻子說，傻姑娘別擔心，我很快就會回來，好好照顧自己，給我生個胖娃娃。盈盈問丈夫喜歡男孩還是女孩，自己感覺是個女兒呢。男人答，我已經有了兒子，來個千金正好。況且咱們可以再生十個八個，多多益善。盈盈嬌羞地捶打男人說，你把人家當母豬啊？

此時趙連達突然想起什麼，亂翻櫥櫃、抽屜，終於在箱底抄到一個小盒子，打開是條銀鍊子。有點發黑的鍊子吊在老爺三根手指上，墜下一個十字架，做工精巧花紋細緻。男人將它戴在女人項上，說是洋人的護身符，留給孩子做吉祥物。當年傳洋教的朋友贈予他父親，做爺爺的希望子孫能走出家鄉深山老林，讀洋書看大世界。我沒讀過洋書，我的兒女可以啊，自強戴上了項鍊就沒摘下，果然讀了佩實小學考上培元中學，讀了培元中學又考上集美商科，全部是新式學堂。

女兒終於生下來了，卻是不停嘴地啼哭，淚水就像天上的雨水流不完。小女孩如吹長號一樣沒斷過聲氣，太累了才微微闔上眼，母親一將她放上床又哭起來。初為人母的盈盈手忙腳亂驚慌失措吃睡不寧。

劉嫂說，姨娘還沒有奶餵孩子，我這就去給小姐熬些粥，你要多吃一點才會生奶水。這雨老下不停，我又有做不完的活，不能去菜市場買些魚。等老爺回來叫個後生來幫忙，忍耐幾天吧。劉嫂督信佛祖心地善良，三十上下死了老公無兒無女，鄉下缺吃少穿不想再嫁，況且新寡遭族人白眼，有些無賴還想打她主意。於是託了進城打住家工的本家妯娌介紹來到趙府，老爺、少爺對自己不錯，便不再思念家鄉，一相情願地把趙家當成自己家。菩薩心腸的寡婦眼見大太太為人尖酸刻薄，有時忘記自己的身分，對二太太盈盈甚是呵護，照顧備至。

雨一直不肯停，孩子仍然尖著嗓門哭。錢氏不耐煩關緊房門叫罵：嚎什麼嚎，晦氣鬼。在她心裡是想罵哭喪鬼，只是這話罵不得。傅盈盈心下也清楚，做小妾本來就該看大婆的臉色，誰叫你分享了人家的男人？為了自己的錦衣玉食，受欺負是應該的；為了女兒將來必須是個千金小姐做人上之人，當母親的更需忍讓，這是必然要付出的代價。

連續兩天兩夜，雨沒有停過，嬰兒除了偶爾啜飲，哭聲沒有休止。

天才矇矇亮，隔壁春花聽見趙府門環一次次被拍得清脆響亮。她想，趙家的人一夜沒睡好，怎能聽見？劉嫂終於被震天的撞門聲響驚醒，起床穿上衣服出來。看見籠罩多日的烏雲散去，雨不下了，側耳傾聽女嬰的哭聲也停止了。來了！來了！打開大門見到兩個鄉下裝束的男人渾身溼透一腳泥巴，神色慌張不已。劉嫂逐一細瞧只認識那後生仔，這小伙子是茶莊夥計阿福。她這才想起，阿福是隨老爺一起出門的跟班。壞了壞了，難道老爺病了？

錢氏顧不上梳洗癲出廳堂，阿福見了大太太立即跪下去，大聲哭喊起來。老爺，老爺，嗚嗚嗚……老爺，老爺，嗚嗚嗚……錢氏聽了長吼一聲：我的天啊！趙連達你不會有什麼事嘛？說完腿一軟癱瘓在地。見到女主人昏厥大家神情萎靡，一家上下都忍不住飲泣起來。劉嫂急掐太太人中，招手阿福一起扶女主人回房。劉嫂給錢氏搽了藥油，說太太別慌張亂了心智，躺下聽阿福慢慢說清楚。阿福見錢氏終於冷靜下來，便一一細訴老爺的情況。聽罷東廂房的女人涕泗縱橫、呼天搶地；西廂房傳出壓抑的哭泣，慘絕淒厲。

桐城的天已由陰冷轉晴朗，除了趙府上空烏雲蓋頂。

第二章 茶鄉子弟

一

趙家幾代單傳。

山城地處戴雲山脈東南坡，吉祥鎮位於山城西北部，地勢高峻以山地為主，堪稱窮鄉僻壤。趙家莊屬於吉祥鎮，這裡多為丘陵陡坡地和梯田地。刺桐城至山城縣逾百里路，山城縣至吉祥鎮路程與之相當，但後面這一段路更為崎嶇不平。從山城縣步行至刺桐城，起早貪黑足足需要一整個白天的時間，還必須以腳力的速度。而自吉祥鎮到山城縣，一天能否到達，必須視天氣狀況而定。

趙連達的父親不識字，從小在老家耕田、種茶。老爹是個本分殷實的富農，雖然農忙時節茶園要聘用幾個僱工，但他仍起早貪黑親力親為。家裡人丁少缺乏勞動力，邊遠的茶山便佃了出去，自個索性流落外鄉教人種茶，儲了錢買茶山。光緒年間老太爺聽傳道人員在湖頭講道，相信天上有位至公至正的上帝，祂愛世人是人間的主宰。難而信洋教的人不能拜偶像。鄉人除了祭祀，還要拜土地爺、關帝爺、觀音娘娘，趙家幾代單傳，不拜祭列祖列宗將被逐出族群。

茶山蜿蜒於重山峻嶺間，高山不言茶葉不語，只有嘰嘰喳喳的鳥語和飄忽的花香。茶樹在雲霧籠罩中默默無聞，靜靜地吸取天地精華茁壯生長。許多山民一生未到過縣城，更別提刺桐城了。爺爺從未對兒孫說過城裡的趣聞，想來他的活動範圍只在附近是不曾進城的。趙老太爺會耕耘稼穡，尤其懂得種茶；不僅會種茶，而且會製茶；省吃儉用儲下錢買茶山，經營茶園收穫甚豐。他和所有茶農一樣，在烈日下採擷、在曬場上曬青、在簸箕上搓揉，茶工們通宵達旦守著爐火烘焙，火候成功與否全憑師傅的判斷。

色、香、味決定一季辛苦的收穫。

全套的宜興茶具早已擺好陣勢，炭爐火燒得旺旺的，一壺滾燙的開水下來，洗去杯盞塵埃。父親用手從細麻包裡握起一小把新茶，湊近鼻子嗅了嗅，深深吸口氣，看來是頗滿足的神態，那芳香連身邊的人也感覺到了。茶米輕輕落入紫砂壺，多少雙眼睛緊張地投以注目禮。滾水才沖下來，茶壺溢出的那個香啊，真叫人醉。

沏茶是一門功課，品茶是一門學問，免不了頭遍腳溼、二遍茶葉、關公巡城、韓信點兵的步驟。哪怕鄉下粗人也不會端起杯子一飲而盡。人們先從杯口吸吮一小口，讓茶水通過舌尖擴展到舌胎刺激味蕾，細細啜飲品茗，然後長長地舒出一口氣。看他們的神情足以判斷這一批茶的價格肯定會令人滿意。

《紅樓夢》講究茶道的妙玉說過：「一杯為品，二杯即是解渴的蠢物，三杯便是飲牛飲騾。」她給賈母沖的老君眉是舊年蠲的雨水，給寶玉、黛玉則是五年前收的梅花上的雪埋在地下；她用的杯子均屬珍玩，給眾人的是一色官窰脫胎填白蓋碗，而鄉下進城的劉姥姥用過的，她嫌骯髒不要了。這是趙連達成了城裡上等人之後才領會的。

民國零二年（一九一三）。

這一季春茶收成好，前來收購茶葉的販子買多了貨帶不出去，部分寄存在趙家。茶農懂得收藏茶葉不至今之失去香味，趙老爺子的聲譽一向是商販們信得過的。過了段時間回桐城的茶商叫人傳話，請父親待夏日晴朗時安排人手，將寄存的茶葉送到桐城某處。

農人最忙的是春種秋收，農忙過後清閒下來，品茶閒聊成了農家的樂趣，言談無非米麥五穀、牛羊六畜、三哥娶媳婦、四嫂生孩子。趙連達讀過好些年私塾一肚子墨水，十五歲上長成精壯小伙子，父親就替他娶老婆，一家人緊張了足足五年，終於證實有抱孫子的希望。老婆、兒子、熱炕頭又過了五載，厭倦天天跟在父親屁股後面，與農人天南地北聊天甚覺無趣，此時聽說桐城催茶年輕人立馬來了精神，自告奮勇要隨腳力走一趟刺桐城。知子莫若父，父親曉得小子不願務農弓耕將一生埋沒山間，而兒子輩就這麼一盞香燈，決定遂其心願，讓他出去見識外面的世界，闖一闖江湖方知在家的好。

跟隨販夫走卒起早貪黑跋涉多日，別人腳穿草鞋或挑重擔或推小車，趙連達肩背行李氣喘兮兮，腳下的布鞋穿洞破爛，腳趾頭都露了出來。販子挑夫走遠路穿的是家人自製的草鞋，新草鞋易與腳磨擦起泡，走不了多遠腳便會損爛，女人們總是將新草鞋拿杵衣棒捶打，打得稻草又熟又軟，穿上腳走起路來就舒服多了。到了客棧通常要來一盆熱水燙腳，早早入睡明天又上路。

以正常人計，一小時快步可以走十里平地，扣去吃飯歇腳每天最多走十來個鐘。然而挑夫們肩上重擔翻山越嶺，上坡氣喘如牛下坡留心腳滑，天未亮啟程太陽下山打尖，逢小站集鎮才歇一歇。該吃的吃該喝的喝，要撒尿的去撒尿，否則路上個別人停留，既怕掉隊又耽誤他人時間。有的飯罷抓緊時機，靠牆邊睡個囫圇覺。小伙子則四圍盤桓觀光，終於見識青山綠林外的商市人流。

家鄉吉祥鎮距縣城山路多，相當於一百華里平路，第一天須在縣城住客棧。第二日山城至桐城亦一百餘華里，又是寅初出發酉時才抵。當最後踏入繁華的刺桐城，趙連達便再也不肯退縮一步。交接了貨，他老實告訴父親結交多年的茶販子，自己想留在城市謀生。老子的生意伙伴將之從頭到腳仔細打量一番，說想在城裡待呀，先把辮子剪掉吧。

民國了，鄉下人仍捨不得丟掉豬尾巴，這下子趙連達臉紅了。於是趕快找了剃頭挑子，直盼望頂上的頭髮快長齊。父親給兒子帶上不少錢，心裡是知道他會試圖留下的，就讓小子試試自食其力的滋味吧。年輕人租住下一個床位，添置了兩套衣服，買了新鞋襪，整整齊齊地求見茶販子。這世界原就先敬羅衣後敬人，人靠衣裝佛靠金裝。對方認真打量了眼前的鄉下小子，不再一身短打傻里傻氣，眉宇間充滿自信的神情，頗覺滿意願作擔保，帶他去一家茶肆當跑堂。

趙連達開始了人生新一頁。

二

一年跑堂職業教曉趙連達懂得怎樣觀顏察色招呼客人，領略如何順籐摸瓜編織生意網絡，鄉下人開竅了。桐城的有錢人喜歡飲茶，茶肆地方人來人往吵鬧喧囂品流復雜，通常人們就在品茗中互通各類信息。哪裡不靖又打起仗來，哪個富人不幸遭土匪綁票，某人的千金有多少陪嫁，大米黃豆又漲了多少……林林總總的消息，不論來源是真或假，經過一個個客人茶水浸泡出的黃牙，不一會就傳遍全城。

堂倌呈給客人的普洱茶千里之外經茶馬古道顛簸而來，都在紙箱裡發潮，沖出的茶水帶點霉味，色澤像老抽（醬油的一款），連自己鄉下倒掉的茶渣都不如。好茶去了哪裡呢？趙連達鄙夷之餘不禁琢磨起這個問題。後來才知道，酒肆只是大眾場所，來的三教九流，吃茶當喝水解渴。另有更高級的場所，譬如戲園便是富人們的天地。年輕人的心眼活泛了，決心繼續探個究竟。

有日茶樓裝修門面，老闆放了夥計一天假。趙連達換上新做的灰布長衫、乾淨的黑布鞋白棉襪，從城南踱到城北，見人頭擁擠處就湊上去，不管萬花筒還是西洋鏡都掏錢瞧瞧。接著串了幾家戲棚子，看了掌中戲、打城戲，頗覺有趣，然而志不在此仍不得要領。正當他失望不已打算回去之時，耳邊飄來一陣悠揚的江南曲調。循著絲弦管樂踽踽而行，踱到弄堂內找到一座小園林，庭院周邊篷頂下圍著一圈檯櫈，中間空地上撐著大洋傘擋雨遮陽，一位儀態萬端的靚麗女子，素描蛾眉輕掃胭脂，身著銀灰色綢緞旗袍，和著琵琶輕輕搖著拍板，口吐悅耳南音。

趙連達按下激動的心情，假裝鎮定大大方方地走進去，年輕的茶博士濃眉大眼、相貌端正、體型健碩，原該擔正武生的角色，卻腳下勤快口齒伶俐，跑龍套般到處張羅，頻頻遞茶水送手巾予四圍老茶客，顧不上招待新客只作點頭狀，有「請隨便」之意。趙連達揚揚手表示理解，自己動手斟了杯茶，茶水色香味比起酒樓靚得多。

只見櫃台上炊煙裊裊壺水滾燙，趙連達索性上前幫茶博士洗杯沖茶。臺面上一盞盞不同款色的細瓷蓋碗，旁邊一盒盒貼著不同標籤的茶罐，有綠茶、紅茶、青茶，想來這些茶具或許是客人自家存放的。對茶道有研究的趙連達得心應手，逐一沖好每碗茶，讓茶博士捧去給客人享用。小子思忖：這種會所需要根據貴客的不同喜好服務，客人勢必得付出高昂的費用，下人得到的打賞自然也多。

時近初夏，大半天工作把兩個男子忙得汗流浹背。來了個約十三四歲的姑娘接著彈唱，藝人們輪番將曲子一直演繹到上半夜，表演者鞠躬謝幕客人才陸續散去。趙連達迅速幫忙收拾茶盞抹了檯面，見茶博士果然將茶盅和茶罐配對，逐一置入櫃檯內格，格子邊上寫著人名記號，而後鎖上大櫃門。茶博士一再作揖，說今天搭檔有事，全靠大哥仗義，然後拍拍趙連達肩膀，邀請一起出去用膳。

兩人在大排檔坐下，要了幾隻燒肉粽和兩碗牛肉羹，還叫了支白燒。茶博士先敬趙連達一杯，在下吳志明，今天結識大哥三生有幸。趙連達碰了杯一口飲盡，道能與老鄉巧遇實在要感恩，憑藉口音彼此明白都來自山城。他告訴對方，自己在茶肆做跑堂，實乃吉祥鎮趙家莊茶園主之子，隻身闖桐城為的是推銷茶葉，先來了解做生意的門路。吳志明一聽大喜，說我鄉下與你相距不遠，今日相識真乃緣份，如蒙不棄願結拜為異姓兄弟，小弟虛度二十有二。趙連達說哥多吃了五年飯。於是兩人用完晚餐，又回到南音曲藝園。吳志明找來香案燃點香燭，每人持三支線香對著明月磕頭。今晚起趙吳二人已是異姓兄弟，誓死互相扶持，有明月作證。

下半夜兩人交談了大半宿，趙連達告知義弟，決意明日立即辭工，隨後回鄉說服父親，今年除了自己茶園秋季的收成，還要收購周邊鄉親們製好的秋茶，只要價格略高於以往的茶商，茶農必然願意賣給趙家。運輸方面也沒有問題，去年來此地一路上已經認識不少腳力。至於桐城方面，要找一套大一些的住房，既可住家小亦需要囤貨。囤積茶葉地方適宜乾燥，待安排妥當便可接妻兒進城。

吳志明說，找房子的事包在小弟身上，銷售方面我可以遊說南音曲藝園的總管，先打聽老頭一向收受多少回扣，只要大哥出手比別人高一點就成了。趙連達忙說，親兄弟明白帳，賢弟每做成一單生意同樣都有傭金收。吳志明聽了很開心，說那小弟一定多加努力，討老婆的本錢靠大哥玉成囉。曲藝園的老主顧都是老闆階級，其中不乏開茶莊的，大哥儘管放手去收購，咱哥倆一定合作愉快。

三

翌日趙連達當機立斷辭了工，過幾天領了工錢即刻打點行裝啟程返鄉，道上又認識了些新的腳力作伴同行，多日風塵僕僕卻意氣風發。當他一個人靜悄悄地抵達家門口，只見一頭肥豬懶洋洋地躺在院牆下，院子外雞飛狗走不見人影，諒都上山下田去了。趙家三開間二進宅院挺闊大的，然畢竟是土坯泥壁，深山老林有的是木材，石基磚牆就談不上了。庭院外的場地亦屬趙家範圍，並沒有鋪石板，收成時節需用牛糞攪拌成漿糊狀塗上去，待風吹日曬乾了方可作為曬場。趙連達很為這窮鄉僻壤難過。

踏入大廳的腳步聲把他老婆嚇了一大跳，認真細看是變了裝束的自家漢子，女人點點黑斑的塵土色臉上，禁不住欣喜而泛起紅光，日思夜想的男人終於浪子回頭。然而更被嚇窒的倒是歸來的男人，趙連達見到大堂上的老婆衣衫不整蓬頭垢面，一對下垂的乳房敞開在胸膛上，撲在女人身上啜著奶子的男孩已有四尺多高，穿著襤褸的開檔褲露出白白屁股，腦勺上頭髮刮的精光，只留下一撮小刷子。

阿旺，你瞧誰回來啦，快別扯娘的奶子，女人紅著臉說。名叫阿旺的男孩轉過頭，見到一個穿長衫剪分頭的城裡人，便對來人瞪起銅鈴大的雙眼。快叫爹，是你爹，女人又慫恿。給我跪下！進屋的男人發命令。你怎麼啦，長年不在家，見了兒子就會發脾氣，女人為孩子委屈。男人聽女人的口氣更不爽，上前一把拖過孩子，按下小肩膀強制他跪下說，你今年多大了？六歲的小子還吃奶，羞不羞！下次再這樣見一次打一次。好好給我跪著，不戒掉這惡習不准吃飯，也別叫我爹！

女人料不到夜夜為之難眠的丈夫不僅沒一句貼心話，反而如此對待老婆兒子，拆屋般地號哭。殺千刀的，你在外面定然有了新歡，嫌棄我們母子，良心何在啊！叫罵了一陣覺得不過癮，扣上衣襟扭著腰肢顛著小腳出去，要找公婆評理。才出院子撞上荷鋤歸家的公爹，索性撒潑哭鬧道，阿爹你養的好兒子，而今看不起我們鄉下人，要拋子休妻了。老人不曉得媳婦發什麼神經，徑直走到廊下放置好鋤頭，進屋赫然見到歸來的兒子，不覺心花怒放，於是怒罵起媳婦：瞧你又瘋癲些啥，男人回來不去殺雞還神卻吵吵鬧鬧，你娘在菜園子，還不快叫她回來做飯。

祖父看到跪在地上的孫子可憐巴巴的，心疼地將孩子拉到懷裡，拍拍他膝上的泥土送到兒子跟前說，阿旺快叫爹爹，以後要聽你爹的話，就像你爹聽爺爺的話一樣，這才叫孝順，明白嗎？孩子倒是很乖巧，依偎著爺爺點了點頭不敢出聲。趙連達趁機告訴父親，孩子到讀書年齡還吃奶，像什麼話！別讓他娘給慣壞了。父親贊同地點了點頭，把懷中的孫子攬得更緊。

婆婆挑了隻大肥雞。媳婦錢氏磨利了菜刀，捧出一把糯米放碗裡淘淘，左手抓住交叉的雞翅膀且捏著雞脖子，右手一刀割下去，倏地扔下刀一手雞頭一手雞腳，將鷄倒立令雞血流落碗中糯米。女人接下近乎最後一滴血，將奄奄一息的母雞隨手一扔，快死的雞不斷撲騰抗議，最終還是成了桌上佳餚。一家人圍坐美美地吃了餐團圓飯。母親挾了隻雞腿給兒子，趙連達急忙站起身，把雞腿送到父親碗內，又將盤中另一隻夾給阿旺。趙家雖廣有茶山，但世代勤儉持家，農閒只吃稀飯蕃薯鹹菜，農忙請傭工必是乾飯青菜鹹蘿蔔，菜裡也有一兩片肥肉。阿旺低頭扒飯狼吞虎嚥，爺爺忙叫慢慢吃別噎著，飯鍋裡有的是。

飯桌上趙連達說，阿旺該去私塾讀書了，從今往後大名叫趙自強，自己的自，強盛的強。做人要自強不息，靠自己去打拼。阿旺他娘，孩子去跟奶奶睡，不要再讓他穿開擋褲，給他做兩套上學衣服。阿旺你得先跟老先生學學寫字，等明年爹掙了錢替你在城裡找家好學校。現在是民國，城裡孩子都讀新書講究新學問，字寫的不好人家可不收你。兒子侃侃而談，女人不敢吭聲，父親一言不發。男丁的名字是跟族譜的，兒子說改就改，不知他接下去唱的哪一齣。

吃罷飯兩父子一起出去散步，腳步自然而然向茶園邁去。青茶分三季，通常以採製節氣劃分。清明至小滿採製的為春茶。春天雨水多病蟲害少，葉質柔軟色澤翠綠，茶樹經冬季休養生息，營養成分高茶味甘濃，只是製作過程很受天氣影響。過了小滿至小暑就成了夏茶。夏日炎炎氣溫高，陽光照射強茶樹生長快，茶葉較枯黃葉脈較粗，茶味有點苦澀，過夜的茶水易變質不能喝。小暑至寒露採製的為秋茶。經過春夏兩季生產茶樹營養虧損，俗稱「冇泡水」意即色味淡，香氣倒是濃烈。秋高氣爽製茶少受氣候影響，秋茶在乾燥的冬天也不易變質。

父親坐在自家茶園界石上，捻起一撮菸草塞入旱煙鍋，兒子急忙掏出洋火幫老人點燃。父親噗噗地猛吸了兩口，再從鼻孔悠悠地噴出去，彷彿很受用似地吞雲吐霧。在這片寧靜的天地裡，老爺子感受到親子的天倫之樂。醜婦終須見家翁，兒子勉為其難囁嚅著開口：「爹，我計畫做茶葉生意，已經鋪定銷售路子，求爹全力支持兒子創業，將今年的秋茶全部交給我處理。」

父親沒有反對，意味著默許。兒子挨著父親坐下來，或許如此關係顯得更為親密。趙連達繼續發起攻擊：「茶葉很快可以回本，但賺到的錢不能還給爹，因為需要留著滾下去。明年春茶我要收購更多，將生意做大。兒子還有一個甚為過分的請求，希望爹借給我一筆錢，以便將鄰人的茶都買下來，這錢是爹的老本，相信兒子賺了一定會還給您。」

沉默片刻。

於是趙連達從離鄉的第一天講起，路上的辛苦、途中的見聞、跑堂的生涯、細微的觀察，把老父的心提到喉嚨口。結論是工字不出頭，惟有做生意才能發達。後來認識朋友、結拜兄弟、打通關節、維繫人脈關係、建立生意網絡，老父提起的心才又放下。仔大仔世界，看來小子的翅膀硬了，誰叫俺只有一個兒子，為爹的成全你。

兒子決定夏茶也通殺，否則白跑了這一趟。夏茶沒有人來收購，茶農通常賤價賣給周邊的客棧或茶水攤子，還都是賒數的。兒子告訴父親，這類茶適合桐城的大眾茶肆，強過他們的豉油汁。父親笑了起來。父親有的是錢，它們裝在瓦罐裡藏在牆洞內，讓兒子折騰去吧，興許大錢可以生出小錢來。

第三章　連達茶莊

一

在家的日子，茶葉由父親去準備。聽說趙家收買夏茶，遠地山民也拎著上門來，他們都滿意能收到現金。父親借驗茶收貨將準備收購秋茶的消息傳出去。茶農都知道每批茶都得由公認的茶師評級，這是鄉間不成文的規定。趙老太爺答應在同級茶價上比別的販子加一成，他們都是相信放心的，彼時的人都講信義。山區地廣人煙稀少，一個小山頭住幾戶人家，雞犬之聲相聞老死未必往來。對面茶山上採茶姑娘開腔，唱個山歌扔過去，那邊山上真的有人接著唱呢。所謂「窮開心」是也。

父親忙活的當兒，趙連達帶著阿旺到祠堂去拜師。本村和鄰村上學的孩童都到趙家莊趙氏祠堂來，師塾老先生亦是趙連達的啟蒙老師。民國了，教的仍是「人之初、性本善，性相近、習相遠。」山路遙遠學生稀少，老先生已白髮蒼蒼，佝僂著背步履蹣跚。趙連達恭恭敬敬地問候老先生，說十幾年了，書到用時方恨少，一直感恩老師栽培。開場白之後才是戲肉。父親逼著兒子上前向老先生鞠躬，隆重送上見面禮—桐城特產蠔豉，海產是深山珍視的送禮佳品。將阿旺交託給老先生，是要做的第一件大事。

第二件事是幫父親騰出一間空房。偌大的宅子到處擺放雜物，兒子將谷物、農具、種子、飼料一一規置，空出的房間自己動手粉刷一新。打開門窗通風透氣，再撒上一地乾茶渣。沖過茶的渣滓農人總是曬乾了做枕芯，而今用它來吸濕、除臭、辟味，絕對沒有其他更好的代替品，日後這裡便是茶葉倉庫。

趙連達特地徒步去縣城購買了一批細麻袋，讓母親拿到溪流中沖洗乾淨，晾在岩石上曬乾，充滿陽光香味的袋子置入裝茶葉的大瓦缸中，蓋好防止染上異味。兒子交代父親怎樣分門別類，將來一袋袋茶葉須標識品種、等級和重量，錢氏雖然不能上山耕種，但好歹識幾個字，可以助老爺子一臂之力。

憋了一年的男人回家自然要夫妻敦倫行周公之禮，只是此時的趙連達完全提不起勁頭。老婆的臉仿佛老是沒有洗乾淨，絮絮叨叨永不停嘴，玉米黃牙的熏人口氣、髮髻上濃烈的刨花油和裹足長布的味兒充斥房間。他甚至不想看老婆的臉，躺上床即刻吹熄燈，希望快點結束此行立即返回桐城。

終於可以整理行裝。自產和買來的夏茶需要僱用兩個腳力，與判頭談妥運費，先交一半款項，貨送到預訂的地點付齊。他們自有運輸工具，或推小車或扁擔肩挑，路上的走走停停亦有規矩可循。出發前一日婆媳誠心誠意拜神敬祖先，阿旺不再與母親同床，做好新衣準備明天上學。晚間趙老太爺與兒子、孫子聚天倫，老人掏出一個小荷包，裡面有兩條一模一樣的銀鍊子，鍊墜是個精緻的十字架。爺爺取出其中一條親手給阿旺戴上，囑咐孫兒從此不許脫下，說這是洋人的護身符，上帝永遠保佑你。待孫兒轉身去奶奶房睡覺，又將另一條交給兒子。第二日趙連達和腳夫丑時過不了多久就上路。

第三天傍晚終於抵達桐城西門。一回倒騰去時夏至回來立秋，趙連達最擔心義弟，不知他安排妥貼否。城門口有當街食店和不少路邊小食檔，趙連達見「何記牛雜」檔主和藹可親，便歇下貨物坐下來。趙連達要伙伴們喜歡什麼自己叫，有個要粗麵牛雜，有個要細麵牛肉，自己要了油麵牛肚。三個人敞開懷連吃幾碗。趙連達付錢時問檔主，阿叔能不能叫個小孩幫我進城遞個信？檔主為人十分爽快，說叫我孫子去吧，他正想找機會進城逛。來了一個毛頭小孩，趙連達一早寫下字條，叫他去塗山街北向某處，就說趙先生找吳志明。孩子說那地兒他去過，唱曲兒的嘛。趙連達點點頭隨手給了孩子幾個銅板，小子興高采烈地飛奔而去。

這當兒吃客不多，趙連達掏出一隻茶罐，問阿叔有無茶具。老闆取出一副粗磁盤茶壺茶杯，鋁壺放水燒起來。沒得講究只能用滾水洗了茶壺杯子，才沖下滾水那香氣就撲鼻而來。杯子嫌大每人斟小半杯，老闆倒是個識貨的主，啜一小口齒頰生香回味無窮，連連豎起大拇指。年輕人，你做的茶葉生意？趙連達默認，說阿叔是個好茶客，留這一小罐今春的鐵觀音敬您。挑夫倆吃飽了累得東歪西倒，有食客來時趙連達幫忙洗碗，沒客人時兩人便雞啄般聊起來。檔主說在下何建置，願結你這位朋友，不知貴客嫌棄嗎？趙連達急忙自薦，道何叔是長輩，晚輩哪有嫌棄之理。兩人相逢恨晚，頻頻碰杯以茶代酒。

約模過了一個時辰，吳志明遠遠地叫喊著撲過來，兩兄弟彷彿分開不是兩個月而是兩年。趙連達替何叔介紹了吳兄弟，相約有時間一定再來，而後隨義弟進城。

吳志明為義兄在裴巷租賃了半邊宅子，房主梅嬸是個四十開外的小腳寡母，丈夫生前開手工作坊，兒子在外地讀書，為了母子生計讓出住宅一部分。簽契約時講明日後有家小住進來。寡婦是明白事理之人，說有老婆孩子方為正經人家。兩個房間：大的有床舖桌椅，吳志明早將義兄的舖蓋搬了過來；小的空無一物準備囤貨，業已告知房東做的茶葉批發生意。腳力們將貨堆疊好，趙連達早先付過一半費用，而今再付尾數，另給了些小費，雙方表示合作愉快，希望下次有機會再續。

兩兄弟關上門密密商議，趙連達說手頭上這些貨得先脫手，套了現方有錢回去收購秋茶。吳志明道已經與幾家茶肆講好了，品茗後定下價錢即可交易，這些貨馬上可以解決掉。問題是今後上等春秋茶如何處理。兩人討論的結果是：二三等茶部分賣給曲藝園，雖然那老總吃水很深，但長做長有；茶行購貨面向四面八方貨比三家，依靠的是打通經理這一關節，回扣勢必要比別人高；一級茶就有些難度，必須先收著慢慢來，遇到真正識貨的財主方可出示，吸引對方予以高價。

賣完夏茶回攏了資金，趙連達打了一夜算盤。該送禮的送禮，應給回扣的給了回扣，包括吳志明的那份。除去收購時付出的茶款，加上運費、包裝、房租及零星花用，餘下許多錢。這裡面有自家茶園收成所出，還有自己和家人的付出。錢是賺了卻不容易，惟有再接再厲，趙連達絕不動搖。

第二天將大數放入銀號，趙連達有了自己的存款戶頭。爹答應掏錢收購秋茶，下一回賺的肯定更為可觀。今後茶葉運輸包給腳力判頭，趙連達不必親身回鄉，免於辛苦又費時。如此下去不出十年八載，趙家一定變成富豪。於是他美滋滋地上街理髮、洗澡、按摩，到裁縫師傅那裡度身做了幾件長衫馬甲，買了四季衣物和新被褥，叫夥計送去住處，然後上館子慰勞自個兒，再去曲藝園聽支南音，品評品評那裡的好茶，分分鐘能結識貴人。

趙連達開始了人生另一頁。

二

民國零七年（一九一八）。

連續做了四年茶葉推銷。起初不是親自背麻包袋送貨上門，就是留在家做包裝。茶鄉不管男女老少都擅長包茶葉。經女人們篩選揀去粗枝梗葉，叫人買來幾刀牛皮紙裁成一定尺寸，將稱過重量的茶米倒到紙上，三兩下子外表便成為磚頭一般厚實的方塊，漂亮極了。之後高級茶的包裝工序改在鄉下，一級茶半斤裝，二級茶一斤裝，次一等的則用麵粉袋。老爺子掏空了一世的積蓄，在父親的協助下，趙連達而立之年就儲下第一桶金。

有了本錢可以施行兩個計畫。一是住宅二是鋪子。做推銷太累了，他決意結束推銷，由曲線改為直線，直接經營零售生意。開店需要盤下一個鋪子，其實已經觀察了多年，相中城南一家木屐鋪，雖然目下店面稍嫌冷清，但相信接過來後可以改善，於是叫中介打探店主，若有意出售願出略高過市價買下。豈知店主一向懶散嗜賭不事業務，聽到有人要反而一口咬定絕不出讓。別以為趙連達會為了心頭好提高買價，他情願暫且擱置這個計畫等待機會，先展開建屋計畫。

趙連達的妻兒早前已來刺桐城，在梅嬸那個宅子租住逾兩年。錢氏是個極難與人相處的女人，鄉下人的意識根深柢固，自私、多嘴、骯髒且自以為是，企人屋簷下卻囂張跋扈，常常和房東鬧意見。梅嬸不得不向趙先生挑明，住滿四年將不予再續租約。趙先生表面上有禮貌，一再為自己的女人賠不是，心底裡卻鄙夷這個寡婦，老子身分不同以往，就買塊地兒蓋個大宅子給你開眼。

初來乍到的鄉下小子趙自強傻頭傻腦，穿著土里土氣，頭上一把刷子是剪掉了，但光頭頂上扣著一隻碗，引街巷窮小子嘻笑怒罵。有一回被石子擲中額頭流血，母親心疼的不得了，對丈夫不停哭訴。趙連達見兒子沒有吭聲頗為贊賞，說男子漢就該這樣，有淚不輕彈。他把兒子送到佩實小學就讀。佩實是桐城出名的私立小學，位於通政巷內，每個學期收幾個現大洋學費。這裡的學生非富則貴驕縱傲慢，他們看見趙志強的模樣竊竊私語，聽見小子一口鄉下腔肆意哄堂大笑。難得鄉下仔趙自強爭氣，插班讀初小一年後跳一級，高小又跳一級。什麼仇都報了。

即使兒子不出聲老子也瞭如指掌，當年剛進城不也叫多少人瞧不起？趙連達摸摸兒子的頭說，爹為何給你起名「自強」？自強不息努力讀書將來做大事，才能進入上流社會成為人上人。你一定要相信自己比他們強。鼓勵兒子也激起老子的鬥志，決心先給自己和家人建個安樂窩，果斷地買下通政巷一方地皮，刻意要與有錢有勢的人為鄰，讓瞧不起鄉下人的城市人妒嫉去吧。

房子建好修飾完畢租約剛滿，趙連達特地告訴梅嬸新住家門牌號碼，他知道婦道人家的心理，嘴裡謙說小腳女人走不遠，其實轉身就飛過去八卦。

三

回過頭再說那第一個計畫。提起木屐舖，先得說說木屐的由來。現代人除了聽聞去荷蘭必看風車和木屐，到日本京都當欣賞穿和服著木屐的東洋女子，未必知道漢人亦是喜穿木屐的民族，早在春秋戰國時期就有了木屐。據記載，晉文公多次請隱居于綿山上的功臣介子推出仕不至，嘗試使用焚山燎木之法逼他出來，不料介子推抱住一棵大樹被燒死。晉文公很悲痛，就用那株樹的木料制成一雙木屐，每天穿在腳下不時歎曰：「悲夫，足下。」以此表示對介子推的懷念。後被市井人所模仿，並相沿成習。《後漢書・五行志》載：「延熹中，京都長者皆著木屐。」由於木屐便宜、耐穿、涼爽、防水等優點甚多，便很快流傳到南方。

明嘉靖年間潮州林大欽少時家窮買不起紅鞋只穿紅皮屐。有天放學回家見一位老人抱著隻公雞蹲在地上，旁邊還有副紅聯紙，一張沒字，一張寫著上聯「雄雞頭上髻」，要路過行人應對，對得上可得公雞，對不上者須賠他一張紅對聯紙。林大欽欣然對下聯曰：「牝羊頷下鬚」。老人誇讚對得好，即刻將公雞贈送予他。林大欽抱著公雞回家，父親稱讚孩子有出息，就將公雞宰了煮熟，切下雞頭獎勵給兒子，拍拍他的肩膀說：書中自有黃金屋，書中自有顏如玉，好好讀書出人頭地，他日獨占鰲頭。林大欽果然得中狀元名揚天下。此後，潮汕人就讓孩子入學時模仿林大欽，腳著紅皮屐手抱大公雞。

閩南地處南方夏天炎熱多雨水，老百姓多以木屐為鞋。男人大腳板，男式木屐通常方頭長寬形；女人腳較纖瘦，女式木屐多呈圓頭細腰形。木屐的顏色多樣化，有自然色調的、亮漆的、上色的，基本上由底板、繩帶和屐齒三部分組成。

吳志明得悉義兄的心思，特地前來「阿發木屐」店買雙木屐，意在瞧瞧店鋪。看店的是位背著小兒的女人，見有客到熱心招徠。今天的顧客是個斯文貴氣的男人，難得人家不是匆匆付錢了事，而是頗有興致地細心參觀和詢問，老闆娘不但不嫌煩，反而因為有人欣賞她的傑作而高興，耐心一一作介紹。這家店堂除了中間擺放兩副製木屐的斜木頭床，三面牆上皆鑲嵌著一對對型款各異的木屐，制作工藝精巧講究，有前略寬、後略窄、橢圓形、只適合男人穿的「龍船屐」；有分左右腳、前趾略低、中呈弓形、後跟略高的「認腳屐」；塗上各種顏色，繪上花卉圖案的叫「油彩屐」；晚上在家穿的稱「高腳屐」；用堅韌木材製成並上漆的為「漆屐」；而最多的則是原木不作任何修飾的「白胚屐」。

「我還從未見過一家這麼漂亮的木屐鋪！」客人衷心贊歎。

「唉！客人你不知生意難做，我準備關門大吉呢！」女東主脫口而出。

為什麼，東主不是一口咬定決不出售嗎？吳志明正心裡覺得奇怪，突然闖進來一個男人，匆匆拉開櫃檯抽屜，抓起裡面僅有的銀錢迅即逃出去。夭壽！女人追上去罵，又無可奈何折返。此時她背上沉睡的小兒被吵醒哭起來。失禮啊，臭男人！老闆娘放下兒子，抱在懷中輕拍其背，淚水滾滾而落，不由得對素昧平生的顧客傾訴她的苦衷。

原來這個樓上家居樓下舖位是她爹留下的。娘在她還小時就死了，爹爹沒再娶，一心將自己的手藝教給孤兒出身的徒弟，並把女兒嫁給他，直到孫子出生方去世。父親一死丈夫就變臉，嗜賭如命，家無隔夜錢。要不是將屋契寄存在老家伯父處，早給他偷去賭掉了。正因為沒有屋契，他才大言不慚說決不出售。

「嫂子的意思呢？看中你這鋪子的是我的朋友，只要兩相情願，可以公平交易。」吳志明並不隱瞞，誠懇地說。

「我想賣了它，回祖家蓋兩間房子，把孩子帶大。我們老家在河市，那裡有族長和叔伯兄弟，死佬不敢欺侮我。買賣得去那邊完成，免得他騷擾。」女人最後下定決心。

「可是現貨和工具呢？還有妳的精心設計？」吳志明問。

「我只能悄悄地走，一搬動任何東西他就會來搗亂，不如交託買主清理吧。」她想了想拿定主意。

「待雙方簽訂了合同，買主貼出『東主結業在即　半價優惠街坊』一段時間，妳看如何？」吳志明建議。

「可以。」女人拍板。

交易成功。

四

民國十年（一九二一）。

宅子、鋪子均如願以償。趙連達將店面修繕一新，夥計有的站櫃前招呼客人進店，有的在裡間泡茶與客人品評。家鄉出產的好茶几乎被《連達茶莊》壟斷，趙連達經營有道人氣旺盛，事業順遂蒸蒸日上。兒子初中畢業即考上剛開辦的集美商科，很給母校和族人爭了光。

人生如此，夫復何求？

兒子寄宿學校寒暑假才回桐城，錢氏不去打牌就在耳邊咶噪，趙連達經常出入曲藝園，就算與那些唱曲兒的女人開開玩笑或有點曖昧，又有何稀奇？人不風流枉少年，俏姐兒哪個男人不愛？自義弟升任曲藝園小總管，身為大哥更要時時去消費捧場。何況那些高價貢品茶全憑吳志明的路子推薦出去，只有大頭家才消費得起。會賺錢者自然也會花錢，不然賺那麼多錢做啥？趙連達有分寸，鄉下出身的茶農能有多大方？假如老婆賢良淑德樣子過的去……假如！娶傅盈盈追求性解放，或許是擋不住的愛情啊。

這一回出門真的有些難分難捨。盈盈就要生孩子給趙家添人丁，為何我執意要走這一趟呢？自己不來可以請經理代勞，別人沒有我富於經驗，只是少賺一點而已。當然，留在家照顧小星，髮妻會妒嫉，講難聽的話，要不是看在他哥份上，我是怕老婆的人嗎？大舅子官升刺桐城警察局長，雖說警察沒有兵權，只是抓支警棍管理市區平頭百姓，但也有一定實力，可他不也是妻外有妾金屋藏嬌？我喜歡個把女人有罪嗎，笑話。

坐在二人抬小竹轎上，打著油紙傘，趙連達胡思亂想自問自答。家鄉走山路的小竹轎簡簡單單，將竹椅捆在兩根竹竿上就是了。今春天上似乎漏了個洞，一天到晚地下雨，回鄉後沒見過天晴。早先約好到鄰村茶園簽一份合同，總算做完最後一單生意打道回府，可以稱做圓滿結束。明天立即啟程回泉州，說不定孩子出生了，在等他爹回家抱抱。就討厭窮鄉僻壤盡是些羊腸小道，天雨路滑難為了人家轎夫，這樣的天氣也要出來掙錢，一腳高一腳低拿條小命來搏，到家得多給一點錢。亂七八糟的思維尚在腦際盤桓，突然前面的轎夫哎呀一聲，趙老爺只覺得天昏地暗間腦袋一片空白……

雨還在不停地下，兩個轎夫被就近樹木擋住，皮外傷而已。趙連達被拋出竹椅滾落山坡，翻了個筋斗好在被一塊石頭擋住。當村人前來救助時，發現趙老爺血流披面不省人事，只是還有口氣。人們將之綁在門板上抬回趙家莊。趙老太爺見狀立刻昏倒。忙亂中鄉親們主張派選一位堂兄弟，叫他陪同趙連達的隨從即刻出發，將不幸的消息告訴桐城家人。

族長叫人請來鎮上最好的郎中，先設法救醒老太爺，幸虧老人只是急火攻心並沒啥大礙。母親哭著替兒子擦拭臉上血跡，多是樹枝刮的小石扎的皮外傷。郎中叫趙母取來竹枕頭，將傷者的頭顱抬高，交代其他部位絕對不能亂動，腿腳多處骨折先固定起來，慢慢養著就會好的，他更擔心的是有否內出血。

老醫師取出藥箱中的蘇合香丸，吩咐趙母燒滾水倒些在碗裡，用匙羹將藥丸掰開弄碎化了，給傷者灌下去，又指揮女人準備大木桶燒熱水替病人換衣服。趙母與一位嬸姆輕手輕腳蠻有默契地合作，脫去兒子濕透的長衫，用熱水抹了身，準備替他換上乾淨衣褲。不料病人身體猛地抖動，一下子連藥帶胃中酒菜全嘔吐出來。澈底清潔之後，郎中開出藥方，無非是柴胡、細辛、歸尾、丹參、川芎之類，叫人去鎮上藥舖抓，下四碗水煮八分碗慢慢熬，藥頭藥渣早晚各煎一次。老先生一再交代固定的位置別亂動，病人不能吞嚥試試勸餵些米湯，明天下午他再來。

第四章　父女無緣

一

那日劉嫂本想請示錢氏，見太太六神無主地軟癱著不便打擾，便自作主張叫阿福帶同伴去後面洗浴，找出老爺舊時的衣服給他們換上。女人將昨天的鼠殼粿放入蒸籠蒸熱，沖了一壺茶，讓兩個男子到後廳堂用膳。看他們那模樣又餓又累，估計一路趕來顧不上吃睡。來往山城和刺桐城雖然有較寬的道路，但從鄉間到縣城的山路依舊難行，有錢人坐轎窮人非靠兩條腿不可，真難為了他們。劉嫂安置兩個男人住在後院，請那堂兄去休息，招手阿福到太太東廂房議事。

此時錢氏頭腦已清醒，事實終歸要面對，此刻正是顯示女主人權威之時，於是挺直身子靠在床欄上。主子尚未出聲劉嫂已經帶阿福進來，兩人垂手立於床前等候太太指示。錢氏輕咳了一聲，說阿福啊，難為你對老爺忠心耿耿，趙家不會忘記你。如今先將這件事保密，商場如戰場，免得給對手算計咱的機會。你去警察局找舅老爺，什麼也別說，就請他立即過來一趟。店鋪那裡你也別去了，留在這裡幫我料理家務。不要怕，天塌下來還有我呢。你跟慣了老爺，平常他都去過些啥地方，有哪些朋友，知道的都告訴我。現在先去請舅老爺吧。阿福回說，是，太太，立即領旨出門。

跟前只剩下劉嫂一人。

太太問：「大小妖精怎都沒氣出啦？」

劉嫂怯怯地不敢看錢氏的臉回答：「姨娘流了許多血，又被老爺的事嚇住，不吃不喝一滴奶水也出不來，小姐喝過米湯睡著了。」

「這對母女是災星，丫頭殺氣忒重，一生下來就往死裡哭，非把親爹尅死不可。」太太發表她的高論。

「或者父女天性，孩子知道爹爹出了事，百里之外難通消息，想告訴咱們吧。」劉嫂聽見女主人這套歪理十分害怕，輕聲為嬰兒辯護。

「你懂些啥？她們母女就是雙煞星，留下來只會繼續禍害趙家。」

「好歹是老爺的人，月子裡讓姨娘調養好身子，親友會贊頌太太功德無量，佛祖亦會保佑老爺早日康復。」劉嫂雖然犟脾氣，卻是低聲下氣的。

錢氏想想也對，丈夫生死未卜，眼前的事還是等大哥來商量，就讓那對母女先晾一邊去吧。於是扮起菩薩心腸，說去菜市場買些小魚熬湯吧，吃飽飯自然有精神，最起碼百病不生。趙家連下人也沒餓著呢，別說姨太太，揮手叫她買菜去。

劉嫂提起菜籃子出門才朝西走了幾步，背後傳來轆轆的洋車聲，轉身見舅老爺的車子已從東面巷口來了。只見車夫讓車子緩緩進入小巷，停在趙府大門口。車夫恭敬地扶住客人的胖手，讓長官不無威風地下來。舅老爺錢漢生一身戎裝腆著大肚子，四十開外業已謝頂，幾條稀疏的頭髮從左邊細心地梳往右邊，仿似一層薄薄的簾幕遮住光明頂。此款「地方支持中央」髮型或自此始，流傳了近一個世紀。阿福11號車還沒到。劉嫂只好匆匆回轉身，站立到大門邊向舅老爺鞠躬，替客人開門讓道，然後進屋沖了壺好茶，捧出蜜餞水果擱在廳堂八仙桌上，請舅老爺稍坐，說太太馬上出來。

劉嫂到東廂房告訴太太舅老爺來了。太太說，你還是趕快去買些好菜吧，說不定我哥會留下來用飯。就買肥雞、大魚、活蝦、螃蟹，炒兩個時令青菜，哥喜歡喝兩杯，酒屋裡有現成的。劉嫂才到巷口撞見跑步回來的阿福，忙交代他，太太和舅老爺有家事要談，你去後院躺一躺補點睡眠，睡醒幫我劈些柴火，別礙著他們。然後急急忙忙趕去菜市場。

錢氏急急碎步出房門，眼淚汪汪地撲到哥哥身上。大哥拍拍妹子的肩膀，扶她坐在椅上，自己斟起茶，耐心聽妹妹聲淚俱下的哭訴。錢氏盡可能詳細地告訴自己所聞所知，哥哥聽完皺起眉頭。原先以為妹妹撒潑鬧家事，雖然阿福哭的兩眼腫脹，說非要馬上來趙家不可。如此看來妹夫危在旦夕，做大哥的豈能不理。更為意料之外乃妹子是個女中豪傑，敢於封鎖消息冷靜處理。

這樣吧，首要的事，縣城有洋人醫生，我叫人前去診所說服，看能否請醫生到鄉間瞧瞧，再憑診斷結果安排治療方案，山城那邊我還說得上話。其二，茶莊生意一向有夥計在做，我去找經理談談，就說趙老爺折了腳暫留鄉間，還要暗示自己有公司股份，他豈敢不盡力經營下去，料想夥計們也不想失業。今年訂下的貨單稍後我找人拿來研究一下，只要沒有問題貨到付款就是，店鋪帳房懂得處理。看來妹夫不是一下子可以康復的，他的生意終究要自強來繼承，我直接與他聯絡，既要告訴他實情，也不能嚇著他，孩子才不到十七歲還嫩呢。

聽大哥簡潔幾句話，妹子佩服的五體投地，兄長畢竟在官場混了二十年，軍閥混戰山城幾度易幟，他這不倒翁一直都站得住。可是妹妹還有一塊心病，怎麼向大哥啟齒呢。錢漢生見妹子欲言又止的模樣，問還有什麼不能解決的事？不會是銀錢的問題吧？同胞兄妹不妨開心見誠，哥自當盡心盡力。

錢氏便期期艾艾地說到丈夫娶妾生女，一對煞星如何給趙家帶來這場災難。聽此一說，錢漢生瞪大眼睛，原來鄉下漢趙連達同內兄一般，也有這等風流美事，此事一向未曾聞說，難怪妹子常吃醋鬧騰。他真想一睹這位美妾，只是人說月子裡的女人不乾淨，況且趙連達生死未卜。缺德！舅老爺及時止住自己的荒唐。

聽妹子的意思是想趁機除去她們母女，簡直叫人不寒而慄……脆弱啊，你的名字叫女人！錢漢生搔搔地中海外圍的一圈稀疏頭髮，不知該如何接這個燙手山芋。自強知道嗎？他問妹子。兒子去年暑假回來見過二娘，不曉是否惱了他爹，寒假沒回泉州，說是跟同學去龍岩玩，二娘懷小妖精的事沒人告訴他。錢氏回答。千萬不要讓他知道，姨娘改嫁平常的很，孩子有血緣關係就不一樣了。見多識廣的警察局長果然非同一般，他答應琢磨琢磨，待女人調養好了再說。

最關鍵嘴要閉緊！哥哥一再交待。

妹妹留飯。哥說不必上班呀？大白天的。當劉嫂拎著沉重的菜籃子回來時，又在巷口見到警察局長。劉嫂彎腰鞠過躬，錢漢生揮手叫車揚長而去。

二

舅舅公私兼顧，搭船去了一趟集美，舅甥倆在一家館子見面。飯罷喝過熱咖啡，舅舅提議沿著海岸吹吹海風。年輕人明瞭舅父公務繁忙，怎麼可能有閒暇來陪晚輩聊天呢，估計是家裡發生什麼大事。父親娶了姨娘，必定又是母親不快鬧笑話吧。我不喜歡可以走開，母親無法忍受是可以理解的。

錢漢生知道外甥不是一個簡單的少年，他一定預感到家裡有事發生，便說你爹出事了。說完這句話偷窺一下孩子，看對方神色頗為沉靜，似乎在期待舅父繼續下去。於是他放膽說了妹夫跌落山坡不能動彈的實情，但強調已有本地郎中診治，又準備請洋醫生前往治療，有希望康復只是無法預期。趙自強忍著淚。父親教過自己，做人要自信自強，男子漢有淚不輕彈。

父親的狀況既成事實，活著的健全的兒子沒有理由不接下擔挑，目前用的是緩兵之計，幸虧有舅舅頂著。趙自強對舅舅說，給我兩個月時間，我一定要考好畢業試，考完馬上回泉州。感謝舅父為趙家鼎力相助，甥兒沒齒難忘。錢漢生明白，作為集美商科第一屆畢業生，是母校校長老師的期望，也是家族的光榮。舅舅贊賞地點了頭，拍拍晚輩的肩頭：孩子，任重而道遠啊。

趙府的院子終於有了一絲生氣，天空藍藍的，雲朵白白的，樹木長出新枝發了芽，芭蕉葉綠得油亮。傅盈盈生下女兒就一直沒有奶汁，孩子是喝米湯過來的。好心的劉嫂將新米粥熬得濃濃的，女嬰嘴唇一碰上湯匙，竟然懂得吸吮。妞兒樣子長的也不算瘦弱，可愛得人見尤憐，奇怪的是出生時不停地哭，而今竟是不吵不鬧。

憑良心，月子裡太太是花了錢伺候姨娘的。可不，盈盈吃過魚、蝦、蟹，喝過雞湯，不長奶是受了驚嚇之故，怨不了誰。什麼人受得起這番打擊？劉嫂差不多成了月嫂，雜活都由阿福去做。還能怎樣呢？嬰兒滿月這天，錢氏吩咐劉嫂多買些菜，指明要一隻小母雞一條大魚一斤蟳埠即開的蠔，沒有任何解釋。盈盈私下想，難道錢氏轉性要給我女兒慶滿月？將信將疑地抱著嬰兒到院子曬太陽。只見大門內外是乾爽的，巷子人們的腳步是輕快的，自己或者也得放下才是。劉嫂勸過她，月子裡流淚太多，不小心會把眼睛哭瞎。

得過且過，該來的總是要來，簡單的人有福氣。

傍晚舅老爺來了，叫車夫夜深來載他回去。下人便忙活起來，飯菜都上了桌，還斟上酒。傅盈盈躲在房裡，太太大聲呼喚姨娘出來見舅老爺。盈盈磨磨蹭蹭地抱著嬰兒姍姍來遲，低著頭似在數地上的方磚。一進廳堂手上的嬰兒突然啼哭起來，哭聲高亢而尖銳。錢氏說吵死了，叫劉嫂快將小妖精抱走。盈盈怯怯地福了福，叫了聲舅老爺，聲音是顫抖的。對方點點頭讓她坐下，起身替可憐的女人斟了杯酒。

廳堂死一般寂靜，只有舅老爺自斟自酌的輕微聲響。藉著給兩位女士夾菜，端視身旁女子並非媚行邪淫之人，雖為愁雲慘霧籠罩，卻掩不住麗質天生容顏，錢漢生為其坎坷命運而在心裡嘆息。座上的傅盈盈肚腹消了下去，日後仍會是一副苗條身段；因沒有餵奶而雙峰堅挺，待養胖點依舊秀色可餐。知妹莫如兄，錢氏的性格是絕對容不得他人的，可就算能容下她，如此青春年少花容月貌如何守寡？年方十七，這日子怎到頭啊？但是留下她說不定惹更大麻煩，放出去倒可能是做一宗善事。

錢氏倒了杯酒，說先飲為敬，一口倒進肚子，借幾分醉意開始說話。姨娘，今天我特地請舅老爺來做公證，他是我大哥，也是政府的人，在他面前咱把話說清楚。老爺今次的不幸全是你帶來的，那個災星一落地就不停地嚎哭，是不是哭了足足兩日兩夜？我沒有冤枉你吧。現在老爺生不如死，尚缺人照顧又怎麼掙錢養你娘兒倆？你年紀輕輕守得了活寡嗎？再說就算你肯守，分你一碗飯吃沒問題，我自問也有這個氣量，可是我容不了你那個妖孽女兒，留住她只會禍害趙家。今天尅父親明天不曉尅哪個。說完又灌下一杯。

傅盈盈聽錢氏說完，明白太太趁老爺出事欲將眼中釘拔掉，將她們母女掃地趕出趙家，撲通一聲跪在太太腳下，嚶嚶哭訴道：太太可憐可憐我們娘倆，不要趕我們出門，孩子是老爺的骨肉啊！老爺說他喜歡有個千金呢。嗚嗚……見錢氏無動於衷，又轉向錢漢生磕頭：求舅老爺救救我們，您是父母官，知道孩子沒有罪，嗚嗚……

錢漢生突然感到尷尬。這男人做事一向果斷，否則怎能爬到今天的地位？幹警察局這一行吃的什麼飯？什麼事值得他心軟？可是一邊是親妹妹，一邊是可憐母女。煞星之說雖荒謬卻也離奇，換成自己也會不安，於是忐忑起來。

錢氏見大哥沒表態白了他一眼，對姨娘說，給你兩個選擇。一是帶著女兒離開趙家，就當老爺休了你自己尋出路去，嫁給哪個去哪裡趙家人絕不干涉，老爺給你的東西你全帶了去；一是把掃帚星送出去，生死由她的造化不要連累趙家，你願意守嘛去鄉下服侍老爺，替他洗刷屎尿餵食等他甦醒。你今夜要想清楚，明日再答覆我。

舅老爺想不到妹妹有如此絕招，真真服了這個女人。難道偷偷對傅盈盈說，你搬出趙宅讓我來養你？

陶醉過一輪的錢漢生天馬行空，自始至終沒有吭聲，只見他一杯接一杯，醉眼惺忪搖頭晃腦。自問不肯對這弱女子落井下石，但是妹子的事總要有所交代，惟有借醉對姨娘說，太太的兩個辦法你就考慮考慮吧，來日方長，是得想想清楚。此時大門外傳來一陣洋車聲，車夫輕輕按了兩下鈴。錢漢生獲救般地輕鬆起來，溫柔地挽起地上的女人，輕輕拍拍她的背，然後向妹妹告辭。

三

傅盈盈回房關起門，劉嫂抱著孩子來敲門，傅盈盈要求劉嫂幫她帶一晚。劉嫂說，二太太可別想不開啊，天大的事有商量。姨娘說，劉嫂你別擔心，我才十七歲還沒活夠呢，讓我坐一晚好好想想，明天趙家要我選擇何去何從。

第一個選擇。帶著孩子去哪裡呢？回老家勢必遭人恥笑。族長會說，當初為什麼要貪慕榮華富貴給人做小，這是你該得的報應。叔伯兄弟嫂子會品頭論足，怕我吃他們的住他們的，叔叔只好將我再嫁，讓我做個安分守己的農婦。人們還會嫌我拖油瓶，村裡的孩子會欺負女兒，五歲撿柴、六歲燒飯、七歲看牛、八歲養豬，這就是她的命，而我要夜夜替男人去火，像母豬一般生育……於是所有農村艱難生活的畫面，如西洋鏡一般在腦中放映。啊，不要！不要！我不要過這種生活！

第二個選擇。不要孩子，照顧老爺。孩子能給誰呢？這世上沒有親人，沒有人會來幫我，只能交給不相識的人，從此母女恩斷義絕。當孩子有一天知道自己被遺棄，自然恨死她的生母，這是我今生造的孽。若然能找到一戶好人家，有人疼她，倒比跟我受罪好。伺候老爺我願意，也許我把他照顧好了，我的罪過也會減輕。對，就走第二條路，要他們替孩子找個好人家，我去鄉下服侍老爺。

胡思亂想一夜。天沒亮傅盈盈就將自己打扮齊整。一夜的啼哭眼睛紅腫容顏消損，輕輕掃上粉底遮掩。生了孩子肚腹未全收，穿上素色寬鬆套裝衣褲。換上布鞋襪，從此或與旗袍高跟鞋無緣。對鏡梳個十字髻，插上結婚時老爺送的珠花，將四季衣物執拾入大籐箱，拎到房門口。轉身將值錢的細軟打成一個小包，找了張帳房紙寫下女兒的生辰八字，用線連在袍子內裡，然後輕輕敲了敲劉嫂的房門，回身即插上門閂。劉嫂看到二太太的裝扮嚇了一跳，說姨娘去哪。我回鄉下照顧老爺。盈盈走近床邊，孩子睡得正香，小臉紅樸樸的逗人愛，忍不住吻了女兒的臉頰，脫下項上的銀鍊給女兒戴上，對劉嫂說，那是她爺爺給的吉祥物。

此刻的盈盈淚流滿面，忽然撲通一聲朝劉嫂跪下，磕了三個頭。讓傅盈盈叫你一聲姐，孩子拜託姐找個好人家，今生感激不盡，來世做牛馬報答姐的大恩大德。說罷將小包塞給劉嫂，說我房間裡的衣物盡可由姐處理，送人典當皆無不可，怕劉嫂推諉豎起食指表示噤聲，然後擦乾淚水毅然開門走出去。恰好阿福起來撒尿，小子原想再睡個回籠覺，料不到被二太太叫住。姨娘指著房門前的箱子，說今天我跟阿福你回鄉下，一路上有你照應太太會放心些，傅盈盈代老爺謝謝你。接著作了個揖說，請幫我將箱子搬去廳堂吧，把個阿福丈二金剛摸不著頭腦。

劉嫂猛然想起什麼，說老爺的東西還沒收拾呢，我這就去張羅，阿福你先用過早點去安排，別耽誤了時間。阿福以為是大太太的意思，立馬塞下兩個包點出門去。等錢氏起床時，小伙子已經叫來兩部人力車，且將兩件大行李搬了上去，說馬上坐車到西門城下集中，一班熟人集結出行較安全。已經給二太太訂了轎子，僱了個挑夫擔行李，到縣城住一晚明天再去吉祥鎮。天晴了路上沒什麼問題。

這下子倒是錢氏傻了眼。原以為盈盈會鬧翻天，起碼要吵個十天八天，怕就怕親戚間三姑六婆來找茬，趙府要的是臉面。料不到這麼順利，妖精竟然一夜敲定。既然你想通了最好，我這就送瘟神。她把阿福叫到房裡，交給小子一沓銀票，叫千萬收藏好財不可露眼，說老爺的花用舅老爺已經有安排，這些票子小面額的由你張羅，大額的給姨娘居鄉替老爺看醫生買零碎用。你得速去速回，少爺下個月回家，身邊沒人指點不行。阿福回答明白，將大部分銀票收在內衣兜內，那是昨晚求劉嫂替他縫的口袋，然後扎緊褲帶，拎起自己的小包袱。傅盈盈向劉嫂招招手，坐上黃包車頭也不回。

太太見人都走了，質問起劉嫂，為何姨娘肯走，說什麼了嗎？劉嫂說，二太太只交待找一個好人家，或許不忍心看女兒跟人走，便先行離去。這也好，老爺孤孤單單，有了姨娘照顧一定會好起來。錢氏說，你明天一早將小妖精送去開元寺慈兒院，別叫人見到，免得問東問西。這件事一定不能讓少爺知道，若有人問起，就說生下死胎，封上你的嘴要緊。劉嫂唯唯諾諾，領教了錢氏的厲害，從此不敢駁嘴。

四

第二日天微微亮，劉嫂餵飽了嬰兒，掃掃她的背脊，見孩子吐了氣才放倒床上，換上嶄新的內外衣及袍子，穿上襪子、鞋子、圍嘴兒，戴頂粉色小帽。天不冷，根本不需要穿這麼多，可留下的小衣物給誰呢。想夾上她娘親的飾物，轉念間改變主意，假如人家拿了財物不要孩子怎辦？便包上襁褓再裹件小絲絨被，抱著嬰兒出門。才跨出門檻又覺得不妥，她娘那條銀鍊子值多少錢呢？終究是抄出藏在最保險之處的小包，將盈盈給的整包首飾夾在尿布中，彷彿堂上佛祖的像看著她，只有這樣才對得起良心似的。

走到會通巷交叉口恰來了輛人力車，怕天亮被人見到，招手要了車。去到西街尾下車，開元寺靜悄悄的沒個人影，怎麼打聽慈兒院在哪呢。轉而又想，幹嘛一定要送孤兒院，待我試試有無好人家。於是偷偷踅過紫雲屏進入山門殿，拜過守門神哼哈二將，踏上兩旁老榕盤根錯節的拜亭，望向掛著「桑蓮法界」匾的大雄寶殿，遠遠地對五智如來念念有詞，祈求眾佛祖保佑，然後彎腰拜了又拜，將孩子放到拜亭東邊榕樹下，自己躲得遠遠窺覷。

每天早晨都有人來開元寺打拳做操散步。通常最早來的是一位長者，雖然一把年紀臉上並無鏽斑，身板挺直氣宇軒昂，打一手好太極拳，那灰白的山羊鬍子令之如仙人般飄逸。老人練拳極講究中定、放鬆、心靜、慢練，時常有人跟在背後偷師，免費學生越來越多。此時天色尚早「學生」都還沒來。第二位風雨無阻的五六十歲老頭，手上拎一袋刀劍，耍的武術大動作，通常人們會圍著看他舞刀弄劍。觀眾花拳綉腿哪學的來。接著是位年約四十歲男人，身體瘦弱似有癆疾，幾乎天天來跟長者打太極，圖的強身健體，因為住得遠來的較遲。他第一個發現了榕樹下刺眼的布包裹，走上前抱起孩子驚呼起來。

先到的兩位見狀停下自己的功課，聚攏來圍觀。呵，竟是一個漂亮的嬰兒，看衣物的色彩是女嬰，估計是有錢人家的私生女。武術師傅說，開元慈善基金會有家慈兒院，可以交給他們。年輕人立刻對太極長者說，老師您可以見證，孩子是我揀到的。我和妻子結婚多年未有一男半女，每一趟回鄉我都來給佛祖磕頭，腦門子都磕青了。這嬰孩是佛祖憐憫我賞賜給我夫婦的，誰也別想搶走，說罷抱著孩子到大雄寶殿堂前跪拜謝恩。太極長者點點頭表示贊同，對武術師傅說，佛祖的意思啊。那年輕人似乎怕節外生枝，對兩位師傅說明天再來，喜孜孜地抱嬰兒出寺院門。

劉嫂遠遠地聽不到三個男人說些什麼，只是本能地緊追慢趕。但見男人走過半條西街轉而南向濠溝墘，一股勁兒繼續朝前走。悠長的濠溝墘走完前一段，東轉就是通政巷，天啊！難道此人知道女嬰是趙府丟的，要抱去趙家拿賞銀？罵聲自己該死，真是鬼使神差做了這麼件大錯事，這一來太太還不炒了我？不僅幫不了姨娘還引火燒身，怎麼辦哪？佛祖為什麼不保佑好人呀？眼淚都流下臉頰來了。後悔莫及之時，那男人果真左轉通政巷，好在劉嫂沒有心臟病，否則即刻病發嗚呼哀哉。就在女傭叫苦連天的當兒，奇蹟發生了，原來男人一入巷就拐進小弄內的菜地進入古屋，趙府還未到呢！因為擔心被那人發覺，劉嫂無法繼續深入，惟有等待下回分解。

然而劉嫂已經很滿足了，阿彌陀佛！這不正是神蹟嗎！女傭堅信是佛祖的安排，彼此才會住在同一條巷。回去對著佛像拜了又拜，連磕三個響頭，口中嘮嘮叨叨。太太問，今天佛祖生日嗎，這麼誠心。女傭急中生智，說我祈求佛祖保佑姨娘一路平安，保佑老爺早日痊癒。太太方無言以對。

不難打聽到這家人姓王，祖藉亦是山城縣，屬於外山區的一個有名的大鎮。王家並非商人，夫婦倆都是藝人，經營一個戲班子。劉嫂大為吃驚，心想糟了，老爺的千金將來恐怕要當戲子，如何是好？女傭擔心了好久，魂不守舍，連飯也吃不下。太太前些時候叫她打掃少爺的房間，她竟然聽錯，跑去收拾老爺和姨太太的房間，將兩人的枕頭被褥都搬出來曬太陽。太太見了怒不可遏，叉起腰問你傻啦？少了大小妖精伺候不舒坦呀？是少爺要回家，聽清楚了嗎？

幸虧後來春花告訴劉嫂，人家是演嘉禮戲的，並非夫妻倆塗個大花臉上臺舞關刀，也不是扮才子佳人後花園相會，劉嫂那顆心才歸了位。

第五章　大難不死

一

兩輛人力車沿西街行到城門口，時候尚早，腳力都停下吃早餐等人齊。阿福請盈盈歇歇，說給傅姨僱的轎子半個時辰才能到，姨娘沒顧得上吃早餐，這一路要去到南安才吃午飯，咱們找個地方填填肚子。城門周遭賣小點的一攤攤，吃的喝的都有。不過不是煎餅、炸棗、油炸鬼油器，就是碗糕、發粿、豆苞粿粗食，盈盈沒有胃口叫阿福隨意。阿福眼尖望見對面有家食肆打開門收貨，立即眉飛色舞地跑過去，大聲叫何叔。屠宰場訂的牛肉牛雜才剛送來，等上午熬熟下午才能做生意。何叔說，趙老爺現在不必親自出遠門，你阿福小子代勞得了。阿福的神情即刻萎頓下來，說我家老爺在鄉下出了事，我這不正帶姨娘去山城老家看他麼？說罷指著對面街的年輕女郎。

何叔瞟了遠處標緻的女人吃了一驚，說快請你家女主人過來稍坐，我替你們下碗麵。不理人家接受與否，急急生火開鍋。阿福過去告訴姨娘，說何叔是老爺多年的朋友，每次經過都光顧的。盈盈便進門福了福，叫聲何叔好。何叔見妙齡女子楚楚可憐，心想難為她肯為丈夫奔波，敬佩之情由然而起。快手快腳做了兩碗骨湯細麵，每碗只加兩隻雞子一把蔥花，說不嫌何叔寒磣就吃了吧，一路上塵土飛揚怎吃的下？說完進內屋去了。阿福正肚子餓並不謙讓，坐下挑起一大團麵連湯帶水，張開大口嗞拉拉吸落肚，呼哧呼哧喝完整碗湯。盈盈已經幾天粒米未進，也用筷子夾起麵條，感覺味道真好，吃飽了精神才振作起來。

何叔拎了個小布包交給盈盈，打開布包內有一鐵盒，裝著小蕃薯乾似的東西。何叔說這東西叫天痲，你家老爺用得著，可以請教郎中使用的分量。還有幾個白饅頭用蓮葉包著，給姑娘路上吃，總比買的乾淨，再遞上一瓶水。估計時間差不多了，主僕道謝告辭，開始艱難的行程。

傍晚在山城縣周記客棧下轎，阿福給了轎夫和腳力工錢，請他們吃過晚飯，人家都急著去找回頭生意。這是一家相熟的客棧，阿福特地要老闆給間清靜乾爽的。老闆是認得趙家老爺的，十年來沒少光顧，心想這年輕女人應該是半個女主人，很是熱心張羅，安排兩位住在樓上兩個毗連房間。夥計才將行李搬進屋，又端來茶水及一腳盆熱水，洗去樸樸風塵燙過腳，果然舒服無比。雖是乘的轎子，一路上搖搖晃晃顛簸不已，骨頭幾乎都移了位。主僕為了明天的行程，早早熄燈，一搭上床即見周公去也。

遠在吉祥鎮趙家莊的趙連達已經甦醒只是不能出聲，骨折的部位固定著無法動彈。一個月來病人多是昏昏沉沉，醒來則焦躁不安，偶爾大聲吼叫，聲音無比淒厲。趙老太爺很頹喪，不懂得猜測兒子的眼神，不明白兒子要表達的意思。只有母親依時餵食餵藥洗滌，一把眼淚一把鼻涕，不厭其煩地對兒子絮叨。

趙家莊離吉祥鎮不遠，郎中每天黃昏都專程過來，喜見傷者骨折的部位都在好轉。俗語說，傷筋動骨一百天，痊癒是遲早的事。出事當日曾仔細檢查過，傷者口鼻耳並無出血的情況，內臟受傷的擔憂應該可以排除。最大的憂患則是傷者頭部遭到撞擊，劇烈的疼痛令病人備受折磨，也因此阻礙了恢復語言的功能。聽人傳說桐城趙家請了縣城的洋醫生，怎麼鬼影也不見一個呢？如此敷衍塞責，等鬼佬來，人早已歿了。

夏天來了，該想辦法讓病人離開陰濕的屋子，到戶外曬太陽吹吹風，長期躺臥在舖板上恐怕會生褥瘡。這些話本來今天要對他家人說，可眼見兩個老人心力交瘁疲憊不堪，其心靈受創不亞於愛子，老夫子不忍心而打消了開口的念頭。還是調一下藥方再說吧，坐下來加一錢減一分的，盡力思索。

傍晚時分突然院門外傳來腳步聲，一個後生仔帶著一群人進來，趙老太爺興奮地叫道，阿福你來啦！除了阿福，一名腳力挑著兩個大籐箱，兩個轎夫抬著一頂小轎子。傅盈盈打開轎門布帘走出來，朝老人和郎中福了福，急切地由阿福帶路，進房看丈夫去了。郎中笑了起來，相信他的病人很快就要康復。

月子裡受刺激沒調養好，傅盈盈本就弱不禁風，加上坐了兩天轎子，吃喝不下臀部疼周身痛，但見到老爺就如打了劑強心針，什麼煩惱都抛到九霄雲外。她這才明白自己多麼愛這個男人。雖然躺在床板上的人似乎成了一具行尸走肉，也許他已經忘記我是誰，但我沒有忘記他。我要他活過來！一定要！女人靠近他耳朵輕輕說，趙連達，傅盈盈來了，你一定要好起來，否則我不會放過你！伸手撫摸他的臉，彎腰吻了他的唇，淚雨濕了他臉頰上的虬髯。

趙連達睜開眼睛，不知道是不是在夢中，他的思維曾經那麼混亂，搞不清自己在哪裡。他試過越去想越記不起來，越喊叫越出不了聲，只覺得頭殼劇痛，好像就要炸開，惟有投降不思索。掙扎→投降→掙扎→投降，一而再再而三，最終是藥物和調養幫助他戰勝了失憶，關於過去的事慢慢可以理出一些頭緒。他想起泉州的家，妻、妾、兒子，對了，盈盈就要生了，於是他焦慮起來。然而動彈不得，他這才覺得渾身上下無一處不疼痛，也明白無論如何自己還活著，活著才會有感覺。

鄉野萬籟俱寂，院子裡柳條迎風發出輕微的颯颯聲，草地上啾啾地蟋蟀蟲鳴。遠處池塘青蛙呱呱地叫，間或夾雜一兩聲烏啼。這一切全是活著的感覺，是自個存在的明證。有月的夜晚，皎潔的月光從窗口照進來，月色那樣晶明，四圍如斯肅穆莊嚴，他忽有所悟，悟到自我的渺小，悟到四大皆空的境界，胸襟豁地開朗遼闊。

每天一定的時候，母親替他洗臉餵食餵藥，怕燙了兒子先試湯的溫度藥的溫度，然後做清潔。鋪板挖了個窟窿，端屎端尿擦身抹屁股，他無地自容。還有那位郎中，風雨無阻天天來看他，替他診治，幫他減輕痛苦，這些全是活著的感覺。本來以為上天欠了自己一個說法，為何讓自己受這折磨，細思則是自己欠了父母，欠了他人。無奈這些想法無法表達，誰也不明白。瞧，在我最無助之際，她也來了。哦，我們的孩子呢？公子還是小姐？像我還是像她？她到這裡來將孩子交給誰呢？

二

傅盈盈將自己安頓下來，換上錢氏舊時的農婦裝束，動手幫婆婆做家務。趙連達將妻兒接進城整整十年，老兩口沒煮多少飯養不了豬只餵幾隻雞，把心思都撲在茶葉上。今晚這麼多人吃飯住宿，趙老太爺高興極了，把老酒都拿出來。三杯下肚話自然多起來。阿福好似升了趙府管家，大大咧咧口沫橫飛，說明天跟諸位一道經縣城再返剌桐城，少爺畢業了就快回家主事，太太吩咐叫我不要耽擱。這一趟為的是帶傅姨來，她願意住下來照顧老爺。

傅盈盈原是鄉下長大的，農村生活對她沒有難度，況且不必在錢氏眼皮底下過活倒也清心。只是想起女兒就心痛，眼淚止不住要流淌。當丈夫的眼神盯著自己的肚子時，她能不明白什麼意思嗎？只是裝傻不予理會罷了。如此一而再地迴避，令趙連達的眼神由溫柔變成疑問，由疑問轉為憤怒。

趙母衣不解帶日以繼夜服侍兒子，畢竟上了年紀疲勞過度，現在終於可以讓位退下來了。媳婦睡在臨時搭的鋪板上，代替了趙母的位置。趙家沒有多少家務，盈盈的職責就是專心一意照顧老爺。她向公爹提了好些建議，要求請木匠做一副枴杖、一輛木頭輪椅和一個洗浴用的橢圓形大木桶，好讓他兒子舒舒服服地洗澡，出去曬曬日頭透透氣。老太爺很贊同並付之行動。當斷裂的腿腳基本癒合之時，郎中允許病人在他人的攙扶下落地。媳婦又提出新建議，要求將家裡的石階都打斜鋪上一塊固定的大木板，以便輪椅可以通行。這個難度比較大，但事在人為，宅子地方大人少不難解決。

新來的趙家媳婦認真地請教郎中各種醫護常識，詢問天麻的功效及食療藥方，老頭子喜歡這個任勞任怨的女子，很樂意地作了介紹。山裡人殺豬通常留下一半來醃鹹肥肉，為的一年到晚有肉吃；骨頭、豬血、瘦肉和內臟則由屠夫挑出鎮上售賣。盈盈認識了村裡的屠夫，每次殺豬人家都將豬腦子送上門來。將天麻枸杞先用文火煮好，配以煎香的豬腦子，據說很補腦。山藥、天麻炖山雞是另一款食療方。煲好的天麻水煮雞蛋即是最簡單的。

幾個月來趙連達終日躺在床上，僥倖婆媳照顧得好沒生褥瘡。男人的頭髮鬍鬚都老長了，似個流浪漢，說不定藏匿著虱子。一早約好鎮上的剃頭師傅，趙家新媳婦不知挑了多少擔井水，燒了多少次鍋，總算替丈夫洗頭洗澡澈底清潔。香胰子是自己帶來的，洗浴過的男人香氣撲鼻，妻子真想撲上去聞聞他。在那一大箱衣服中左挑右揀，選了最顯目的換上，趙老爺煥然一新令人側目。傅盈盈自個也洗濯一番，換上天藍色套裝，推著輪椅陪丈夫去散步。

夕陽西下，籬笆上的牽牛花蔫蔫地，母雞帶著小雞，秩序井然地跳入雞窩。女人粗獷的嗓子唱著「回家吃飯囉！」扛鋤頭的農民、牽牛的牧童，稀稀落落地朝他們的家走。輪椅推出院子過了土埕抵行人路，妻子想朝鎮上的方向繼續，老爺對她瞪大眼睛，這是表示相反的意見。盈盈順了丈夫的意，心下卻不以為然，那是通往深山的方向。徐徐往內山走了一會兒，不行！等下天黑了怎辦？且山路太窄輪椅費盡力也推不上去。傅盈盈不理會調轉方向回家，把丈夫氣得死死盯住她。趙老爺，你想怎樣啊？那裡有金子嗎？意想不到的是趙連達猛點頭。奇怪！丈夫現在只是說不了話，意識清楚的很，難道有蹊蹺？有金子也得等我幫你去找，現在你去不了。咱先回去吧。

晚上兩夫妻貼錯門神似的互不理睬，女人假裝沒事發生，像往常一樣嘮叨，丈夫閉上眼表示極度抗議。笨老婆突然聰穎起來，跑到茶室拿來筆和紙，要丈夫寫字。一家人只有趙連達識字，傅盈盈跟著叔叔是懂得打算盤看數字，大字識不了幾個。若要去請教他人也是件麻煩事。此時老爺果然拿起紙筆要寫，手卻抖個不停。老婆找來一塊薄木板，再用夾子將紙張固定住，安坐對面見他左一筆右一劃不曉得寫些啥。完了接過來一瞧，好像畫的是長方型的袋子。

公文包！

她急忙到處找，翻遍整間屋也沒找到。老爺長年出外是有個公文包，怎麼不見了。哦，我明白了，出事時掉了吧？傅盈盈問。老爺點點頭。別心急，今晚且安心睡好覺，明天我幫你找去。趙連達的眼光變得溫存了，嘴角抽一抽表達笑意，聽話地喝完藥睡下。

三

第二天媳婦對婆婆說去採草藥，讓她照看自己兒子，換上農婦裝，提個竹籃手抓了柄小鐮子，悄悄往山裡去。見到放牛娃問聲小兄弟，你知道哪裡有豬母菜，我家老爺要吃。小童搖搖頭。哦，聽說那天竹轎子跌落的地方有，你知道是哪面山坡嗎？小童點點頭指指北面不遠處。謝謝你，小兄弟。

她懂得豬母菜，人和豬都吃，隨意挖了幾棵。原來這兒是片松林，草木頗旺盛。爬到小山頭望下去，她知道在哪裡出事，北坡山路上有處小樹被攔腰折了。循山路搜索下去並無結果，繼續往下終於有所發現，一把散了骨的油紙傘掛在小松樹上。心想必是從這個方向摔下的，雨傘被風吹走掛住了，人卻滾下坡去。可是附近並沒有留下任何東西，難道給人撿了去？不會，包裡沒多少錢，有的是一沓紙誰稀罕？相信若有鄉人撿了會交還的。自言自語一輪，一個不小心腳下踩空，屁股著地滑了下去。媽呀！鏟子竹籃都滾下坡，唯獨自己被一塊石頭擋住。正想哭卻笑了出來：石頭對下不遠有一個袋子，那不就是老爺的公文包！顧不上褲子爛屁股疼，立即打開袋子瞧瞧，扁扁的鐵盒子裡面包著一沓字紙，那是老爺的金子！急忙撿起籃子和鏟子，挖了一些野菜掩蓋上匆匆回家。

媳婦進門兩老都不在，丈夫獨坐在輪椅上。傅盈盈揚了揚袋子撲上去，丈夫緊緊抱住妻子，眼淚簌簌而下。老爺，我們的女兒，嗚嗚……老爺，我們的女兒，嗚嗚……盈盈再也忍不住，在趙連達胸前號哭起來。

該從哪裡講起呢……我在天井跌倒，女兒早產，好可愛的小姑娘！眼睛鼻子小嘴像我，手腳像你長長的，她什麼都好，就是不吃不睡不停地哭，哭了兩天兩夜，直到阿福和堂兄上門報信。太太說她是煞星尅死親爹，不要我們母女這對掃帚星。她趕我們走，說去哪兒她不理，只要不在趙府出現。舅老爺也要我想想。可是天大地大舉目無親無處可去。她還有一條路給我，要扔了女兒來伺候你，對人說女兒死了。我把所有首飾交給劉嫂，請她找個好人家，我想念老爺願意服侍老爺。我的女兒啊！嗚嗚……

盈盈一口氣說完暈死過去。趙連達面色慘白幾乎昏厥，頭又痛起來。豈知兩位老人已進屋多時，婆婆急忙扶起媳婦猛掐她人中，公公大力拍兒子的背，一家人哭成一團。兩老與錢氏相處過，為了息事寧人忍聲吞氣多年，可憐姨娘受之欺凌，孫女兒也保不住。這歹毒的女人！兩公婆咬牙切齒，為失去他們的孫女傷心欲絕。婆婆說，盈盈你月子裡沒有調養好，娘給你炖兩隻雞。老太爺說，爹給你蒸一鍋白酒，明天就做。日後我兒子全靠你照顧，我們把你當親生女兒。

傅盈盈當即向二老下跪，說會找回自己的女兒，她是趙家的孫女。

炎熱的夏天過去了，趙連達可以倚手杖走路，只是左手乏力，然已經是不幸中之大幸。郎中說桐城洋醫生高明，勸他們秋涼回去後做做檢查澈底治療。媳婦盈盈代兒子對老太爺說，以後事情交給堂兄弟們去做，這裡的茶葉收購一如既往，城裡有自強少爺打理，他父親都要退休啦。兒子不孝連累父母勞碌，你們若原諒他就得保重身體頤養天年。老太爺叫人安排兩頂軟轎子，僱了一名挑夫。趙連達用左手抱抱父母，揮淚啟程。

山城客棧周老闆再見趙連達開心極了，說趙老爺貴人多忙難得光臨，客舍蓬蓽生輝。見他扶著手杖，安排樓下一個清靜的大房間。傅盈盈擔心老爺勞累，但看起來蠻精神的。老婆替他洗個臉擦擦澡燙過腳，叫來豐盛晚餐一起享用。夫妻倆大半年來首次同榻而眠，恩愛自不必說，也只能是柏拉圖式的。能夠與老爺依偎一夜，傅盈盈已經心滿意足。次日盈盈想請周老闆代找兩頂去桐城的軟轎子，豈料趙連達擺了擺手示意不急著走，只拎出公文袋，將箱籠隨意扔在房裡，拖起女人的手出去逛。妻子不曉男人葫蘆裡賣什麼藥，無可無不可，上次只是經過住了一夜，山城什麼樣她並沒看清楚。

山城古稱清溪，有「小溪清澈」之意。北宋宣和三年（一一二一）浙江睦州清溪方臘盜起，遂避諱改稱「安溪」。又有更早的傳說，唐朝桐城巨富黃守恭五子分五安，安溪乃其中一子發源之地。山城地處閩南（泉廈漳）金三角西北部，東接南安、西連華安、南毗同安、北鄰永春，因盛產茶葉而聞名中華，有「中國茶都」美稱。山城的烏龍茶名聞遐邇，既說乾隆皇帝品茗過一壺特級烏龍茶贊不絕口，賜其名為「鐵觀音」。亦有說進貢皇帝的那幾棵茶樹狀似觀音故名。然真正鐵觀音茶樹不多，上貢的必是芽葉兒製成的，一向採茶也是遵循三片芽葉採兩片之法，後來的烏龍茶便有粗製濫造之嫌。真正的鐵觀音少之又少，一年就收穫那麼丁點，專門進貢給識貨的達官貴人。山城人刻苦耐勞，憑藉種茶、賣茶經營，生意擴充到東南亞和臺灣地區，僑居海內外的山城人及其後裔比本土人還多。

一路走來，老爺無法親口講述山城的文化風貌，卻帶他的女人親眼目睹小縣城的繁榮。兩人踱到溪流邊，看擺渡船隻來來往往，農人或挑蔬菜水果，或拎雞鴨豬仔，搭渡進城來交易。妻子挽著老爺的手臂，怕他踩到小路上的卵石子滑腳。有個上岸的農婦挑了兩籮筐柿餅，蓋著白毛巾只露出一兩個來。傅盈盈瞧它們個大透明紅亮，上面結一層粉霜，忍不住想吃，沒問價錢就拿一隻咬了一口，真是又甜又韌、彈牙爽口，馬上挑了十來隻，稱過付錢。

陽光下的溪水泛起金光，舢舨在水中盪漾，如詩如畫。傅盈盈心裡明白老爺喜愛這個地方。簡單的女子衝口而出，說能在這地方居住也算有福了。老爺不語，回客棧叫女人找掌櫃的要來紙筆信箋，寫了封信。信封上歪七扭八的字跡：刺桐城曲藝園吳志明收，示意女人找人幫忙。周老闆見夫婦倆有住下之意，大獻殷勤，立馬交託要出發的商人朋友，千叮嚀萬囑咐，叫人務必漏夜送到。傅盈盈謝過取出張面額不菲的票子，說賞給送差的人，趁老爺午間休息自己又逛街去。

第六章　蓬萊靈籤

一

第二日傅盈盈早起，不忍叫醒老爺，與客棧茶客八卦起來。她想起今春來時在接近縣城途中曾見一撥人，挑的挑抬的抬，穿著整齊看似去朝聖。能夠與漂亮的女人聊天，男人們的興致來了。人們熱情地告訴女客，西北隅有個蓬萊佛國，沒去蓬萊就不算來過安溪，天花龍鳳地說了一大輪。女人的心被說動，極想去一趟，拜拜佛求神庇佑老爺早日康復。於是踅回客房，端來熱水茶盞，輕手輕腳地走到床邊，低頭吻一吻丈夫。其實趙連達已經醒了，假寐而已。無事獻殷勤，非奸即盜，對方當然有所求。

妻子知道丈夫會答應，反正住下來為的等人，而桐城來者必是晚間才能到，白天不如出去散散心。她扭捏地說出想去朝聖的意願，老爺想都不想便點頭應允。於是梳洗打扮用早點，準備隨時啟程。傅盈盈對周老闆說要去朝聖，可是老爺身體不好怕顛簸，一定不能要竹轎子。老闆特地叫了兩頂軟轎子，吩咐轎夫小心伺候，說香燭山上面有的買，可以捐香油錢，不必備牲禮貢品。

秋高氣爽正是郊遊的好季節。山城城關西北十六公里處有座蓬萊山峰，山腰有座清水禪寺，殿宇崔嵬、山水娟秀、風景幽雅，如在茫茫霧海行雲之中，美如蓬萊仙境而名揚海內外。清水岩海拔七百多米，主體建築蓬萊祖殿始建於北宋，寺廟在五百米處依山而建。籌建者普足禪師勤儉克己、施醫濟藥、為民祈雨、廣種福田，為百姓崇信。他與徒弟居岩十九年獨力募捐，主體岩宇始告成。建中靖國元年（一一〇一）五月十三日，普足禪師圓寂，鄉人將其肉身葬於岩後，築塔亭覆其上，又刻沉香木為像供奉岩寺中，奉號清水祖師。塔初時無名，至南宋嘉定四年（一二一一）以祖師生前為僧了悟真空，命名「真空塔」。

近代清水禪寺屢經重建，殿宇面臨深壑，崇樓曲閣層疊回護，從遠處觀看型如「帝」字，氣勢磅礴巍巍壯觀，奇觀異景點綴其間。寺院周圍古樹參天，千年樟樹不老羅漢松傳乃祖師親手種植；岩石千姿百態形體各異，有稱袈裟石、丹臼、石雞、石狗，石笋拔地而起嶙峋俏麗；碑刻、摩崖石刻多方，傳自宋、元、明、清，書體有篆、隸、楷、行，宋代「岩圖」碑猶彌足珍貴；巨石半腰的孔隙內清泉涓涓長年不竭。

男人的著眼點放在禪寺更高層面之上，逐一慢慢觀賞瀏覽，細細咀嚼清水祖師文化。女人的心思全不在此，早打聽到清水寺院的籤詩靈驗，急於拜佛求神問卦。人道「心誠則靈」，經歷過坎坷的傅盈盈是那麼無助，老爺並未痊癒，女兒下落不明，自身前途未卜，除了叩求神明保佑，還能依靠誰呢？此刻老爺雖在自己身邊，但她害怕回趙府之後錢氏不會放過自己，寄人籬下的日子怎麼過下去呢？

惆悵之餘女人瘋狂地購買大量香燭供品，磕過無數個響頭，含淚焚燒完金帛紙錢，才誠惶誠恐地拿下竹籤筒，跪在菩薩面前閉眼祈求。竹籤在抖動的手中顛顫，良久方跳出來一支，竹子著地的聲音將女人從迷惘中驚醒。她急忙撿回竹子置於蒲團右邊，再將蒲團左邊的一對筊杯摸出來，對祖師念念有詞後輕輕一擲，一正一反是聖筊。如是再求第二籤，起身時方覺得雙膝酸痛，巍顫顫交回僧人聖物，拎著竹籤找師傅解說。

話說清水祖師無經有咒十二句曰：

清水真人、黑帝化身、風火乘腳、沙界縱橫、七星寶劍、斬斷妖精、雨暘隨禱、護國安民、陰間有聲、陽間有名、上天下地、應物見形。

此咒四十八字，後人遂以咒中每字冠頂，未足敕封二字，譜成籤詩五十首。傅盈盈求得第二十八籤和第二十五籤。

解詩的並非寺僧，而是在彼處擺攤檔討生活的俗家讀書人。這類人通常油嘴滑舌、模稜兩可，盡用其如簧巧舌從盤古開天說起，聽得人雲裡霧裡，總之無傷大雅讓你去猜，兇吉由客人自己判斷。盈盈看有個檔主模樣甚實在，強自鎮定坐在他的凳子上，抖著手遞上竹籤。此人自是熟悉所有籤詩，五十詩一千字而已，看了竹籤即順手抽出一張印著黑字的紅色紙條。

第一支二十八籤，詩曰：「禱爾問神祇，心下許多疑，若見金雞語，做事兩相宜。」請問施主求什麼？傅盈盈要問的事太多，一支籤大概只能有一個答案吧，就說尋人，丟了一個孩子，說時聲音是哽咽的。此君觀察女客的臉色，相信是一個傷心的母親，不忍心胡說八道欺騙她，囁嚅道，恐怕難。為了讓女香客寬心，又加了句：若遇貴人，或有相助。說話的語氣是誠懇的。

第二支二十五籤，詩曰：「雨雪兩紛紛，梨花得閉門，但居茅草舍，未可度前村。」這一回人家未開口盈盈就告之問丈夫身體和事業。解詩者道，你先生一定受過挫折吧？不過有吉星照耀尚能復原，但得閉門思過安於平淡，勿蹈前轍方可逢凶化吉。

女客放下錢，拿著兩張紙條悻悻然離開。老爺不曉得逛到何處，盈盈怏怏不樂地到處找，走進一片竹林，見一位僧人在向人說故事，便停下腳步聽一聽。

只見僧人指著遠處一方岩石說，那塊石頭傳說被清水祖師的寶劍削去一半，故名「試劍石」。更遠那聳立之石相傳祖師每於旱時，立於其上為民禱雨而得沛甘霖。既有雨水農田可播農人有米吃，故稱為「出米石」。接著又說，諸位腳下這一片竹林亦有故事。傳說宋代有一孕婦來此進香，不料走到竹林中突然肚子劇痛，立時三刻要分娩，遂依著翠竹誕下嬰兒，滿林綠竹自動裂開掩護產婦，婦人生下的兒子後來金榜題名。有古詩贊裂竹曰：「凌霄翠竹兩三枝，忽遇妊人乃裂之，勁節長留君子德，如聞彈蔗起驚疑」。盈盈想，菩薩保佑生產的婦人，亦會保佑我遇貴人，心下略感安慰。

好不容易才找到老爺，他幾乎觀賞了全寺所有的楹聯，正興致勃勃地觀賞岩圖碑。盈盈遞上字條，他看了看再瞧瞧女人粉臉上的淚痕沒出聲。妻子照舊挽著丈夫的臂膀，在寺門口登轎回縣城。

二

晚間吳志明風塵樸樸來到。「哥！」義弟撲了上來，趙連達若非正襟危坐，一定被撞倒。吳志明這才記起義兄的身體，為自己的失儀不安。看趙連達瘦弱的體形、憔悴的臉色，肯定受了重創。自己曾找上趙府，錢氏支吾其詞叫人不得要領，只知道大哥折了腿。看趙家生意上似乎沒有受影響，茶莊照常營業，山城的春秋茶照舊輸出，哪想哥差點丟了命。趙連達示意兄弟坐下，只是一味打量吳志明，自始至終沒吭過聲。盈盈出去安排飯菜，店夥計將酒菜一一端進來，三人終於可以暢談。

讓嫂子先敬兄弟一杯，不辭勞苦遠道而來。吳志明是認識傅盈盈的，大哥帶她上過曲藝園。後來說是有了身孕少出門，看她苗條的身段是生了的。想問大哥添了少爺還是小姐，卻被盈盈勸酒夾菜出不得聲。酒過三巡，飯也用了，看兄弟飽了，女人方叫茶房來收拾。這時盈盈取出一隻小鐵盒，說兄弟你坐會兒，我去沖一壺好茶，今年剛收穫的秋香。

大哥仍然不出聲，難道惱了我，怪我不念結義之情，沒到山鄉看他？吳志明有如熱鍋上的螞蟻。

茶來了，人也坐下來，喝一杯香茗解去油膩。吳志明端坐洗耳恭聽兄嫂的訓示。豈料嫂子未開口即淚漣漣。兄弟啊，你哥差點見不到你啦……趙連達的九死一生、自己受到虐待、女兒被拋棄下落不明，傅盈盈嗚咽著一一道來。講到大哥跌落山坡昏迷不醒，板床上苟延殘喘半年；母女倆又是怎樣被視為掃帚星，威脅被趕出趙府；自己被迫丟棄嬰兒到鄉下來，護理丈夫找到公文包……兩夫婦淚流成河。而今對外不動聲色，生意有少爺接手無須擔憂，只是老爺身體孱弱且說不了話，女兒又下落不明。嗚嗚……

吳志明聽罷臉一陣紅一陣白，突然跪倒義兄腳下，淚珠滾滾哀哀哭泣。我不是人，我不是人！哥啊，你受了這麼多苦，兄弟不能代替你，枉承你我結拜之誼。求大哥給兄弟一個機會，安排你日後的治療和生活。嫂子，請你去找紙筆來，我要和大哥筆墨溝通，聽聽他的意思。今晚我們睡不成覺了，嫂子可去我房間休息。聰慧的女人拿來了文房四寶，磨好墨，明白自己不宜留下，翩然道別。

吳志明提出許多方案，趙連達贊同的就點點頭。趙的手寫字慢，由吳一邊讀一邊寫下來。最後歸結下來趙連達的意思是：在山城成立一家新公司，找宅子亦鋪亦居，門市賣一點茶包給外來客，後院作茶葉倉庫，每年吉祥鎮收購的茶葉就送到山城囤積。桐城《連達茶莊》的茶葉要向新公司購買，新公司按價售貨；《連達茶莊》是新公司的客戶，新公司是《連達茶莊》的來源商。彼此獨立各有一本帳互不干涉。新公司由趙連達和傅盈盈各持一半股份，這一點暫時不提。

這裡有一個問題，傅盈盈識字不多，學做生意需假以時日。趙連達暫時無法用語言表達，對外的事需要兄弟出面，因此新公司聘任吳志明當經理，每月至少要來一趟山城。趙連達準備就地治療，找山城的洋醫生，試試能否完全恢復健康。尋女兒的事也拜託兄弟，私下找趙府的傭人劉嫂，孩子是經她的手送出去的。千萬別讓錢氏和自強知道太多。錢氏是怎樣的女人兄弟已清楚，兒子年紀尚幼，不想因家庭糾紛給他增加壓力。

交代完自己的事，趙連達寫下「你的家事」幾字。吳志明侃侃而談，工作上沒有多大變化，曲藝園老總管即將退休，自己可能接替他的位置。《連達茶莊》帳房照舊按銷售量付傭金給自己。妻小去年搬進城了，女兒尚小，兒子在鄉間上過小學，今於自強少爺讀過那家學校插讀初小。兄弟表示一定竭力尋找姪女，難為嫂子此般賢慧是大哥的福氣，不能虧待她。哥你累了，休息吧，明天找房子去。兩兄弟抵足而眠。大哥怎睡的下，天快亮才迷糊一會，倒是兄弟奔波一整天，倒頭就打起呼嚕。

三

第二天吳志明起床找了客棧老闆，毛遂自薦乃趙老爺的兄弟，想試試山城有無發展機會，做哪一行合適。周老闆閱人無數，相信對方的誠意，嚴肅交談起來。山城除了茶葉還有啥，不過內山區交通不便，茶農皆屬單幹戶，收成了等商人上門收購，否則望天打卦。我就不明白茶商為何不在此開一家收購店，那一來多遠的茶農也會找上門來。說完老闆嘆了一口氣。

吳說我大哥就是泉州茶商，正有意在此開分店，不曉老闆有何建議。周老闆說行有行規，我給你介紹一個經紀。本人在山城土生土長，他不敢打誑語。立時吩咐夥計去叫阿興過來喝茶。阿興是這裡的地頭蟲，偶爾做做中間人，山城的事沒有他不知曉的，十足的地痞。進了店周老闆讓他坐過來，說吳先生是我的好朋友，今天你帶他城內走走。阿興一再作揖，說老闆的朋友交給我好了，一定不會行差踏錯。

吳志明替他叫了許多點心，吃飽喝足才出門。

吳對阿興說要看房子，最好前鋪後居，阿興忙說有。先去東街一家將要關張的包點店，左右隔壁賣金銀紙賣吃的，吳志明嫌嘈雜。南街有個裁縫鋪已結業，門面就冷清些，阿興說。去瞧瞧唄，客人提議。南街的鋪子乾淨利落，有西醫診所、跌打武館、代書信遞狀子的、糧食店、雜貨鋪。一家鋪子沒開店，阿興說就這家。開門進去，門面不算大，後面有兩間房，屋後一條橫巷，對面是一些家居宅子。吳志明問有無吉宅出租。阿興說，正對這宅子只售不租。兩人進屋看了個仔細。院子一側有口井，吳志明親自動手打了桶水，喝一口巒甘甜的，地方乾爽，大廳和正房坐向也好。問蓋了多久，答七八年。問價錢，阿興說知道，包括裁縫店的租金。

阿興這個「量地官」[1]竊喜來的是大客戶，做成生意傭金不菲。吳志明太困了，回客棧倒頭就睡，打算睡它一個大白天，晚間再與義兄研究具體事項。哪想阿興趕緊去找屋主討價還價，兩個時辰後就來找，說有要緊事報告。吳志明打著哈欠睡眼惺忪，心想沒七分把握談也多餘，臉上不太樂意的模樣。豈料阿興說向吳爺報告好消息，那宅子的主人要去南洋趕著脫手，說吳先生若有誠意願減價一成，房契地契都現成。裁縫鋪主人提了個建議，先租客戶一年，若用戶願意一年後可買可續租，價錢現在就定屆時不漲價。大家可找師爺寫好契約，三口六面講清楚。阿興報了租金和房價。吳志明說知道了，物業買賣是大事讓我想清楚，明天過來喝早茶告訴你。阿興拼命點頭。

晚間兩兄弟筆墨交流，趙連達指著公文袋說有足夠的現金，可以憑折子去銀莊兌現。當即決定買宅

[1] 量地官，即無業遊民。

子租鋪位，生意如果順利明年再將鋪子買下，勞煩兄弟叫人查查宅子有無不妥。鋪位租下來即需作簡單裝修，店面應參照茶行的規格做一系列櫃檯抽屜，讓周老闆找師傅做較為放心，不能啥都聽中介的。吳志明說是，明天咱們一起去看房子，沒有異議就交易，辦事的就在同一條街，那裡有個洋醫館，讓兄弟順便陪大哥看看醫生。盈盈聽說老爺要在山城置業開心不已，這是年來最值得慶祝的大事，明天剛好是趙連達三十七歲牛一[1]，求佛祖保佑萬事順利。吳志明說，大哥生日是好日子，擇日不如撞日，明天嫂子得留意一下周圍環境，男人粗枝大葉女人心細如麻，就靠你了。

阿興一大早就來，周老闆打趣說，來者面泛紅光鴻運當頭。阿興拱手說感謝周叔提攜。周老闆又說，趙老爺是我多年相交，你可得給我長臉。一定一定。阿興這才明白買家姓趙不姓吳。大家圍坐喝自家帶來的好茶，阿興啜飲之後贊不絕口。吳志明介紹，這是我大哥大嫂，大哥做茶葉生意，他們才是買家。你這就帶他們去看看宅子和鋪子吧。

於是一行四人先看鋪子，再從鋪子後門穿過橫巷看宅子。房主一眼看出趙連達才是真正的買家，見他斯斯文文對人點頭微笑，甚為好感。傅盈盈滿意極了，根本就忘記兄弟提醒她該做的事，想像自己將在此當女主人，喜形於色心花怒放。還好宅子保養好不需要裝修可以即刻搬進去住。成交！一方準備契約文件，一方去銀號兌款，在公證行畫押蓋章，立即布置鋪子的裝潢事項。周老闆有個夥計的兄弟做這一行，立馬包攬下活計，保證如期竣工。

辦完大事三人踱到洋醫館。半唐番醫生懂一點方言，不明白的有助手幫忙當翻譯，傅盈盈講述了丈

1　牛一，即生日。

夫跌傷休養大半年，想作個檢查，尤甚者時時頭痛，無法用語言表達，腦子倒是很清楚，可以寫字。醫生檢查一番，說骨頭大致痲合，頭顱因撞傷腦部應有瘀血壓迫神經線，這種情況需要開刀做手術去除血塊，最好去省城大醫院檢查。三人惟有失望地告辭。

突然盈盈發現街上也有中醫館，便進去詢問有沒有人懂針灸。老醫師說在下施針幾十載，敢問哪位貴客有何病患。妻子指了指丈夫，說他半年前從竹轎上跌落山坡，而今時時頭疼無法講話，期望老先生妙手回春。老醫師摸著山羊鬍子笑了笑，老夫不講大話，確實未曾將不說話的人治好能說話，但通過針灸幫病人去瘀止痛是可以的。有些痼疾非一時三刻可以治癒，視乎病人的耐力和造化。我看這位先生手足尚無力，扎針有助血脈暢通。此外需要食療配合，方能恢復元氣。傅盈盈大喜，說在鄉下全憑一位老郎中治療調理，與老先生有緣，就拜託您啦。商定每日申時陪老爺過來治療。

離開醫館吳志明帶領兄嫂去辦理註冊新公司，公司取名《連贏茶莊》。閩南語「盈」、「贏」並不同音，但所含之意一目瞭然。

晚間吳志明敬了義兄一杯，說生日沒有擺壽酒是兄弟疏忽，過兩年大哥四十歲擺它幾十圍補數。今天真是好日子，託大哥的福事事順利。兄弟明早回去，有待安排好自己的事很快再來。兄嫂在此安家，來日方長，這條路將會常來常往。有什麼需要交待周老闆叫個人知會，當即效力。說的傅盈盈傷感起來，梨花帶雨。志明不懂說話惹嫂子生氣，自罰一杯，大哥交給你了。下次來山城哥嫂已新居入伙，兄弟先賀一杯。趙連達不堪疲累，吳志明要趕早回程，互道保重，吳志明擁抱義兄，見到他淚盈滿眶，自己差點拔不開步子。

第七章　連贏茶莊

一

結束了學校課程參加完畢業典禮，趙自強意氣風發地乘搭開去泉州的小火輪。輪船即將靠岸，站在甲板上吹拂海風，望著越來越清晰的桐城，有些兒少年得志氣度不凡的模樣。如果不是為了接手家族生意，集美商科畢業生炙手可熱，許多同學都進了大商行。父親遠在深山療傷，城裡的生意自然交給兒子，此乃天經地義之事，趙家風水好才有自己這般好子孫。有時候他為沒有兄弟姐妹而遺憾，自小孤孤單單沒人陪自己玩，進城時常受人嘲笑凌辱，記起那些狂妄小子的可惡，恨意難消。剛才在船艙內見到一個子女眾多的家庭，目睹別人父慈子孝兄友弟恭，其樂融融的溫馨是挺令人羨慕的。

難而去年回家見父親娶了二娘，其時的心情完全不同。那個女子與自己同年，稱呼她娘彼此都會臉紅。母親絕了經不能生育了，設想二娘能添個小妹倒是件美事。但是她那麼年輕，若是生下一打兒子，父親的身家怎分？幸虧我已經長大，不能只繼承父業，將來要找機會做大事發大財。為今之計先打理好茶莊穩紮穩打。想起老家親人只懂種茶，倒是舅舅本事大，從山城升遷到桐城，表兄也混得不錯，只是父親不喜歡，說他們父子只是在官府掛個職，靠的是在外面做私伙生意，上不得臺面。

少爺才上岸阿福就瞧見了，眾多乘客下船，來找人可不容易，只因少爺裝束不同，淡黃色西裝內淺藍的襯衫，上衣口袋邊還露出手絹來，真是非同凡響。因為太太一再催促出門，他已經等了許久。人力車早已叫好，兩名車夫各提一件行李，主僕都上了車，經過南門兜朝北而行。桐城還是老樣子，千年古城永遠默默無聞，歷史的負載令前進的步伐蝸牛般緩慢。想到不能去洋行身居要職大顯身手，而只能在這老城當一名小老闆，少年的心矛盾不已忐忑不安。

拐入熟悉的巷子，因為鋪了石子路面，寬敞的巷弄清潔乾爽，過往行人投來注目禮，趙自強心理上舒服了些，畢竟趙氏是桐城的中上人家，人人敬重有加，自己不該自暴自棄。曾答應過舅舅會承擔起家庭重擔，義不容辭，這時心情方輕鬆起來。車夫拎下箱子收了車錢離去。阿福只叩了兩下門環，劉嫂的腳步就來到。哎喲，少爺到了！女傭打量少東家，比年前長結實了，高高的個兒寬寬的肩膀，天高地闊、氣宇軒昂、棱角分明，有老爺的影子卻比老爺英俊瀟灑，真真成了男子漢。

太太聽到聲音想衝出來擁抱兒子，可小腳不爭氣，只能在廳堂打圈。兒子上來攬住媽，母親個子矮只到自己肩頭，女人竟是嗚嗚哭起來。一定是想起爹來了，趙自強四顧張望，不見那該稱二娘的女子。也好，算她識相躲開，免得尷尬。房間一早收拾乾淨，劉嫂也買了菜，午飯桌上只有母子二人，靜得有點叫人心慌。吃罷飯劉嫂說西廂房老爺的書房少爺可以用。這安排有些奇怪，那不與二娘為鄰嗎？心裡嘀嘀咕咕。

晚上舅舅來了，一大圍菜也就三個人吃。趙自強告訴母親和舅舅，明天就上店鋪。舅舅叫阿福來問，以前常給老爺拉車的那人還做這行嗎？阿福說拉洋車的大有人在，乾嘛要找原來那個。舅舅說你這就不懂了，跟了老爺多年沒異心當然找他，除非他不幹。阿福說那我就出去找，住的不遠。舅甥倆繼續斟酌，礙於母親在，自強不敢問姨娘的事。一會兒阿福回來了，說車夫已退休，他兒子阿強接了手，車子新置的，說少爺若肯僱用願意效力。那你就告訴他明起早上八時來載我，包銀跟行情趙家不會虧待他，少爺自己做了決定。阿福又跑出去。

包了阿強的車，對方也就成了趙府半個下人。少爺每天上下班時間是固定的，晚間如有應酬車夫便成了保鑣。中午店裡有飯吃，阿強不是送太太去打牌，就是幫忙運貨給客戶。從這一點看，少爺比老爺會用人，花費又大不了多少。大半年來老爺折了腿沒能來督陣，夥計們未免鬆毛鬆翼冇王管[1]，上班時間有偷偷做私事的，以為少爺年輕沒經驗易蒙蔽，幾乎都抱著觀望態度。到了年底，有個夥計向同事張揚要跳槽被小老闆發覺，立馬叫他執包袱[2]。過了年經理問少爺是否增聘人手，答曰：縱使減去一個也盡夠用。人們這才領會少東家的厲害，務必小心翼翼服侍。

不見姨娘令少爺心生疑慮，偶爾假裝無意地問劉嫂，西廂房老關著不怕發霉？回來大半年不見二娘蹤影，回娘家去了？劉嫂吞吞吐吐地，顧左右而言他，更是引起少爺懷疑。一天約了舅舅晚飯，有意無意地說，趙家太靜了，別說小孩啼哭，連大人齟齬都欠奉，這不太冷清嗎？舅舅明白外甥的意思，可怎麼說出口呢？想起慚愧，當初自己雖沒添柴加火，卻未能阻止妹妹一意孤行。幸虧外甥不知道女嬰的事，更不清楚妹子怎麼處理，心下悵然。惟有簡單告訴外甥，姨娘去鄉下照顧你父，吉祥鎮地處內山區交通不便，待痊癒了才能回來。趙自強的疑雲頓釋，說什麼時候舅舅安排幾天時間，咱倆一起去看看父親，我這做兒子的真不孝。錢漢生口裡說好好好，實是敷衍搪塞能推則推，推不了再考慮下一步。

1　鬆毛鬆翼冇王管，沒有上司管輕鬆自在。

2　執包袱，開除之意。

有天趙自強恭敬地請帳房坐下，想了解一下茶莊的帳目。帳房先生抱出一堆帳本，說了個收支大概，公司是有盈餘的。少東家問收購的茶葉怎麼付款，帳房先生說一向由老爺直接交給山城方面。為了表示盡忠，他又抽出一沓字紙，說以前鄉下來的帳單都用白紙書寫，只寫茶葉編號數量沒標價格；《連達茶莊》以往的記錄則是：由老爺評定每批貨的等級並訂下單價。今年就不同了，貨單都以《連贏茶莊》抬頭，標明名稱、數量、等級和單價，指示由銀號存入款項。我想這是老爺在彼處將收購站完善規範之故。少爺點了點頭。

二

一日約了客人去曲藝園喝茶，趙自強看到吳志明親自迎上來，握著自己的手激動不已。已經升任大總管的吳爺說，幾年不見少爺出息了，大哥可以放心將桐城生意交給侄兒，是他不幸中之大幸。趙自強清楚父親與吳叔叔的關係，他倆患難與共多年，親兄弟也沒他們親。趙自強應酬了一輪客人，說叔叔一直很忙時時外出，難得今天要我過來聊聊，你們聽曲兒盡興吧。吳志明讓侄兒到自己辦公室，叔侄倆需要作一次深談。

趙自強想起帳房先生提過的事，說我爹在鄉間沒白過，將茶葉收購規範了。吳志明正好可以接下去說話。除了略去女嬰和公文袋之事，談了大哥九死一生昏迷不醒，在板床上吃喝拉撒睡無法動彈，大半年生不如死，全憑你二娘如何衣不解帶伺候，後來她還發明了輪椅，能走動時便陪他住到縣城做針灸。為了讓老爺長期治療恢復健康，他倆現居住縣城；而為了不長期吃白飯，兩人在山城開了《連贏茶莊》，主要做春秋收購，平時零售一點茶包，將鄉人來賣的茶葉分等級包裝囤積。你沒發現《連達茶莊》現在收到的茶都包裝得很漂亮，還蓋上紅色大印？

此時的趙少爺目瞪口呆無法接口。想想對二娘的歧視全是母親的誤導，不曉該如何懺悔！做為人子至今未去見受重傷的父親，真是天理不容！吳叔叔安慰道，你爹有心隱瞞，是不想你年紀輕受太大壓力，賢侄不必懊悔。找個時間叔陪你走一趟，不過侄兒身子骨尚嫩，兩城距離一百一十華里，恐怕你太辛苦。趙自強答，不知尚可，知道了不去，我還是人嗎？吳志明拍拍年輕人的肩膊說，侄兒好樣的，過兩日叔陪你去吧。別擔心，他們過得好好的。可是叔有個不情之請，暫且不必對你娘提這事。這下子趙自強臉紅了，自己的娘真是上不了臺面的愚蠢婦人。

連續兩天少爺不曾出聲，她娘不識趣還嘰嘰喳喳，為芝麻綠豆小事罵起阿福沒個完。兒子正在氣頭上，忍不住頂了娘一句：你是嫌這家太清靜非吵吵嚷嚷不可過日子？阿福連忙說是我不好，不關太太的事。好心的劉嫂為了息事寧人轉了話題，想是兒長大了不願黏著娘，說西廂房都空著，少爺想靜心讀書可以到老爺書房。豈料這才真正惹惱少爺，說我爸和二娘還沒死呢？急著做啥！這可真把傭人們都嚇一跳，三個下人面面相覷，此時廳堂上連針掉到地上都聽得見。

錢氏為了在眾下人面前挽回面子，說：「你吃了火藥，外面不稱心回家來撒氣。假假地我也是這個家的女主人，養大兒子有毛有翼，嫌棄自己的娘來。」

「把所有人都趕出去，更趁你這個女主人心願。」少爺說完將袖子一甩，氣呼呼招了阿強出門去。

此刻氣急敗壞的錢氏，責罵起劉嫂和阿福，說哪個敢向少爺說是非，看我饒不了你們！進房把門一碰歇斯底里嚎哭起來。

本來早就請舅父安排一同去山城，可那天舅舅分明是敷衍自己，況且也不想讓母親知曉生事。有晚少爺說答應了南安一位同學的邀請，明天前往參觀他經營的農場果園。阿福自然要隨行，阿強你早晚來家看看太太有什麼吩咐，沒事就到店裡幫手，我們住兩晚就回來。

天未亮阿強先把少爺送到西門城口，回頭再將路上的阿福載過來，約好後天晚上在此等候。阿強的車一轉身，阿福就帶少爺到何叔鋪子，對老人說我家少爺要去山城看老爺，感謝上回您贈送的藥材，傅姨把老爺照顧好，也有您何叔一份功勞。此時吳志明也趕到了，自然要順道看看何叔，說不久前才見大哥，基本上恢復過來了。嫂子念叨您的天麻，感恩不盡。何叔說，能認識你們兄弟是緣份，我這兒還有一些天麻，是前不久親戚從四川帶來的，正愁沒人帶給你哥。於是進屋張羅一番，一個大包裹，有荷葉包著的饅頭，三瓶白開水，說趙家少爺吃不慣路上東西，叫阿福拎著。三人告辭隨一班腳力啟程。

中午在南安歇腳，趙自強果然看不上路邊塵土飛揚的小食，一大包饅頭足夠三個男人吃，找地方解了手繼續趕路。少爺腳上是洋人店鋪賣的球鞋，吳志明是老婆手納的千層底布鞋，阿福則是少爺讓的舊帆船布鞋，走起來輕爽快捷。別看趙家少爺長得白白淨淨，在校卻是一名體育健兒，長跑短跑都拿過獎。因為三人皆年輕力壯好腳力，抵山城天時尚未晚。

三位不速之客出現在《連贏茶莊》，把傅盈盈嚇了一跳，忙叫老爺快來，瞧誰來了。見趙連達拄著枴杖出來，兒子迫不及待擁上去，叫聲「爹！」抱著父親哭起來。吳志明生怕大哥太激動，將父子徐徐分開，讓大哥穩坐籐椅上，示意嫂子關鋪。此時的趙老爺抖動嘴唇，無奈發不出聲音，任憑淚水縱橫。叔叔告訴侄兒，你父因腦部瘀血壓迫神經不能言語，但說什麼他都清楚，也可以書面交流。因為不想賢侄難過，叔叔不忍說。這一來自強哭的更大聲，連阿福也不停抹淚。倒是傅姨善解人意，說見面應該開心才是，哭什麼，其實自己也是一眶淚水。

關上鋪子經後門穿橫巷進宅子，傅姨叫阿福沖茶，說一家人不是客，大家請便，我去叫幾個小菜就來。不一會盈盈帶路，身後有個跑堂挑著食盒來了。酒是一定有的，老爺的食療方時有需要，趙老太爺特地釀了紅酒燒了白酒，叫人挑進城來。傅盈盈說兩老年紀大了不宜走遠路，老爺又不方便回去，真對不起老人家。說者無心聽者有意，難為情的是少爺，多少年未曾去看祖父母，慚愧不已，惟有一杯接一杯地喝。目睹父親只能以身體語言與人溝通，難為二娘聰穎過人，看來在父親的薰陶下公司辦的還是不錯的。傅姨說老爺長期進行針灸療法，頭痛症已有改善，食慾增強身體也略胖了，相信可以完全康復。

聽二娘款款道來，沒有一句居功，沒有誇大其詞，一個不大識字的婦人，如此識大體顧大局，安於天命堅韌不拔，為他的男人不惜犧牲付出，男子漢也汗顏。難怪吳叔、何叔從心底裡佩服和贊歎。在父親和家族面臨困境之時，作為趙家的繼承人，自己又做了什麼？遺憾父親的身體距離完全康復遙遙無期，不適宜回桐城，泉州固然有更好的治療，但與母親住在一起只會更糟糕。這不正是父親選擇居住山城的緣故嗎？

吳志明說明天有事做，不能陪賢侄四處走走，他坦言自己是《連贏茶莊》的掛名經理。趙自強何等聰明，這家公司若無吳叔和二娘如何經營。我只是名譽經理，偶爾過來辦些事，買賣全靠你爹指導傅姨，她可是個絕頂聰明的女商人，吳志明很是謙虛。我想去拜拜清水祖師，祈求菩薩保佑我爹，自強要求。志明說，讓阿福跟你去吧。

趙家少爺乃新派人物，不作興乘轎子，兩人空著手步行，自己是運動員，就當來一場馬拉松吧。一路走走停停，少爺責怪阿福瞞著自己多少事，若非老爺有結拜兄弟吳叔，自己全被蒙在鼓裡。阿福一肚子寃屈支支吾吾，心想，有些事被太太和舅老爺知道小命就沒了。少爺概歎自己孤苦伶仃，連個兄弟姐妹也無，本以為二娘年輕會有生養，料不到父親渾身病痛，怕不會給我添弟妹了。二娘才十七歲，無兒無女，將來我結了婚有孩子，要孩子們孝敬她。

阿福正咬著糖葫蘆，聽了手一震，哎呀！一個不小心差點踩錯腳。少爺以為他崴了腳，豈料其腳沒事反而嘴唇咬出血來。你這小子怎麼搞的，腳沒傷卻傷了嘴。還好，若是扭傷了腳留在山城伺候老爺。阿福真是哭笑不得。趙家少爺雖未受洗但戴著十字架項鍊，只能鞠躬作揖，禮佛由阿福代庖。

第三天天未亮啟程回泉州。傅盈盈給每人準備了個輕輕的包袱，都是今年最好的茶葉，少爺和兄弟留著自用，阿福的給何叔。女人送了他們好長一段路，依依不捨。二娘對自強說，感謝少爺來看老爺，不必擔心，每天施針改善了頭痛，否則一發作起來直要撞牆，說著就哭了。相信我會照顧好的，他一定會好起來……瞧她的神情欲言又止，似乎還有許多話難以啟齒。吳志明和阿福緊張地望著她，不曉得她還會說什麼，只有他們兩人心裡明白。

志明兄弟，別忘了嫂子拜託你尋姑姑的事，接著嗚嗚咽咽愁雲慘霧。自強聽說過二娘自小沒爹娘甚為同情，想找娘家人圖有個親戚走動，情有可原並不以為意。吳志明說，嫂子交代的事兄弟一定盡心盡力，不要送了，大哥等你回去照應呢，後會有期。盈盈終於不再絮絮叨叨，止步停下來，目送他們走了好遠，揚揚手絹抹抹淚水轉身。

第八章　恩斷義絕

一

這些天劉嫂夜不能寐輾轉反側。昨天阿福偷偷在菜市場找她，兩人躲到一僻靜小巷嘀咕。阿福告訴她，這幾日少爺並非去南安會朋友參觀農場果園，而是吳爺帶他們到安溪縣城見老爺。老爺雖未完全恢復過來，但精神矍好正在治療中，難為姨娘服侍周到。他們在山城開了家茶莊，有鋪子有宅子。臨走時姨娘送出老遠，諄諄囑託吳爺尋找姑姑，你明白是啥意思。我送姨太太去山城那天，你不是還抱著小姐嗎，回來怎就不見了？這件事可大可小，太太知道泄漏祕密會要你我的命，可是老爺不見女兒也會找我們算帳。

可憐的寡婦自問沒有做錯什麼，只是欺騙太太沒送去慈兒院，卻是看著人家抱了去的，姨娘給的首飾自己一件未留全給了小姐，指望的是那家人能疼她多一點。觀察這家鄰舍，雖不富有卻是正經人家，男人是個木偶戲班師傅，兩餐是不會餓的，且看他一路呵護嬰兒珍惜孩子的模樣，絕對不至虐待她。至於她養娘雖無緣見面，可是尿布包著那麼多首飾，足夠孩子十年八載的米飯錢啊，諒養母也不至嫌棄吧。既然老爺健在，姨娘絕不會放棄尋找女兒，還好就住同一條巷跑不遠，心裡這才踏實一些。

劉嫂現在明白「嘉禮」即是小時看過的傀儡戲。什麼《說岳》、《水滸》的。農村將土臺子後面圍起來，臺上橫起一塊大木板鋪上布幕當布景，藝人站在幕後的櫈子上垂下手，十個指頭綁著幾十根細線，操縱兩尺高的木偶。這些木頭人會弄蛇、跳舞、騎馬、射劍，打起仗來還能拔劍出鞘，殺了人也能將劍插回劍套。表演織布的更是似模似樣，撥弄織機梭子來回移動。後臺還有幾個吹吹打打的鑼鼓配樂。記得有一年村裡的大華僑給母親做壽，一套《目連救母》演了七天七夜。春花告訴她，桐城附近有四五十個木偶戲班，東嶽廟、關帝廟、元妙觀、城隍廟等「四大廟」均有固定戲班，每逢節慶為祈天酬神專門演出。

女傭連續幾天買菜經過王家弄口，看看周圍沒人，就偷偷走近屋子，總是見到鐵將軍把門。有日乘太太午睡劉嫂跑了出來，藉口找春花拿個綉花樣子，實際想打探斜對面那家人的動靜。話兒扯到嘉禮戲上，劉嫂說咱鄰人不是做這一行嗎，怎聽不見鑼鼓嗩吶聲呀。春花說，做這一行的五湖四海去演出，留在家喝西北風啊。說的也是，那該去多久啊？劉嫂忒八卦。只要有人請，走過一村又一村，晃過一年又一年，豈知何時才回轉。春花又表示自己見多識廣，有些瞧不起劉嫂無知。那是，我想什麼時候咱也去看一齣，劉嫂說。等關帝廟公演我叫你一起去看，不過得你家女主人肯放你出去。春花說完做事去了。

連日來劉嫂晝夜難安。孽是別人造的，罪卻讓自己受。天曉得猴年馬月戲班才回來，人家養大了女兒有了感情，你又憑什麼要回來。為今之計，閉緊嘴巴才是上策，就咬定當天抱到開元寺慈兒院門口。這是天意啊！女傭說服了自己。

是福不是禍，是禍躲不過。要來的終於還是來了。一天在菜市場「偶遇」了吳爺，要怪自己神不守舍，躲已來不及。身強體壯的吳志明有打手的體魄，劉嫂突就害怕起吳爺來了。他說，劉嫂買菜啊。女傭說，好久不見吳爺上我們家，貴人多忙啊。是忙哪，你家老爺姨娘交代我找你呢。咱明人不說暗話，老爺的女兒呢，太太說生下來死了，可姨娘說她沒有奶，是你餵米湯養的。姨娘感謝你稱你姐，不是都交代你了嗎？劉嫂知道對方是人精瞞不過，說謊難以自圓其說，況且自己信佛，不能沒有良心，將來死了要下地獄的。

劉嫂惟有淒淒慘慘地從頭說起，太太指示她送女嬰去開元慈兒院，交代不能讓人看見，自己不忍心而求佛祖保佑，放在開元寺大榕樹下，見到一男子將女嬰抱了去。自己一路跟蹤，原來是斜對面的鄰人，這才放心下來。吳爺呀，我對天發誓，二太太給我的首飾一件不留，全包在尿片裡，期望人家疼趙家小姐。可是……可是怎樣？吳志明逼供。可是豈料這家人是嘉禮戲班主，他們夫婦大概帶著孩子去巡迴演出，而今也不知在哪裡。皇天在上，若有一句假話天打雷霹。可憐我們家小姐啊，漂亮的小妞。嗚嗚嗚……

吳志明聽了亦傷心，他完全相信劉嫂的話。狼心狗肺的錢氏！吳爺表示感謝劉嫂的良苦用心，說你做得對，佛祖會保佑善心人。劉嫂叮囑吳爺不要告訴太太和少爺，太太若知道是我漏了口風，她那當警察局長的兄弟會殺了我，少爺丟掉親妹子也不會放過我。吳志明趕忙安慰說，我絕對不說出去，況且又關你什麼事呢，你已經仁至義盡。

二

錢氏發覺兒子與初回家時判若兩人，心裡私疑聽到了什麼閒言閒語。家中就劉嫂阿福兩個下人，阿強才來不曉趙家的事。舊的兩個已經警告過，諒他們沒這個膽。小子翅膀硬了脾氣蠻大，為娘的話一句也聽不進耳，倒要讓他舅舅開導開導。昨晚提前告訴過阿強，載少爺上班後回來一趟，太太要出去看一個親戚。

車子在警察局外面下，錢氏叫他就在這裡等等。守門的遠遠一見局長妹子大獻殷勤，馬上叫人通知局長有貴客到。報信的直接告訴上司，是長官貴親。錢漢生料這麼早除了妹子沒別人，果然。附近有家茶館，跑堂見到警察局長馬上請到二樓雅座，送上最好的香片和幾籠局長平常愛吃的小點，知趣地退下。

無事不登三寶殿，說吧，大哥先開口。妹子說了自己的疑慮，可能老爺醒了，恐怕那個狐狸精怨恨自己，挑撥離間火上加油，兒子聽到閒言閒語心裡不滿。近日說去南安見朋友，一去三天，你說有沒有蹊蹺？會不會去了山城看他爹，狐狸精告訴他女嬰之事。錢漢生問幾個人去？妹子說，阿福以前陪老爺，現在跟少爺。錢漢生想了想又問，那天還有誰一起？妹子指著窗外說，那日新聘的包車夫阿強載自強至西門，剛才載我來，這不在樓下等。大哥說，妹子你喝茶，我下去一會。一盞茶後你下樓回家，有結果我自會告訴你。

錢漢生不愧是警官，走近阿強小伙子尚未知覺。小子，不認識我啊。阿強是不認識錢漢生，但早聽說舅老爺系警察局長，見人們對他恭敬的態度，估到七分，但他不敢冒昧。我家太太來找局長，不曉得見到大人了嗎？哦，算你精靈。我問你，不准撒謊，你知道欺騙差人的後果。不敢不敢。你那天載少爺出城，確定是去南安嗎？我不清楚，送到西門城下就返鋪子。回來那天呢？約好在原地等的。等了多久？傍晚到的，但他們說肚子餓，在「何記牛雜」鋪吃了才回，叫我也一起吃。阿福因為走路先回去，我陪少爺與何叔喝了茶才走。你確定所言屬實？確實。

同一天晚上，錢漢生踱到西門城口，見到穿警服的哪個店主不巴結？局長巡視一番，踱到「何記牛雜」鋪。何叔你好！大人好！很久沒吃牛雜口饞，聽說何記牛雜聞名桐城，不介意給我來一碗吧。大人客氣，閣下賞光小店蓬蓽生輝。請問粗麵、細麵、油麵？來碗油麵吧。麵是上了，何叔心裡忐忑。警察局長跑老遠來為吃一碗油麵，鬼才相信。且看他玩什麼把戲。

錢漢生故意不顧儀態，把吃麵的聲音弄得很響，然後抹抹嘴說太膩了，不應該叫油麵。何叔趕緊說，不怕，大人不嫌棄喝杯茶才走。於是沖了前天趙家留下的新茶。這茶好香，看是新茶。是啊，大人有見識，是朋友剛送的新茶鐵觀音。好，這是湯麵錢。大人見笑，一碗麵值幾個錢？應該，應該，不能擾民。大人為官清廉，佩服！佩服！

局長一走，何叔知道端倪了，悔不該奉上新茶。警察局長乃趙家貴親，怎麼就想不起來，真是棋差一著。而今天時已晚，惟有明日去找吳爺。

第二天收了屠宰場的貨才出門，曲藝園那地方不到午時哪見人影。幸好吳志明送孩子上學堂，順便與先生談談他的學業，老師很讚賞吳家公子啟新，說孩子思維敏捷，自去年鄉下轉學過來突飛猛進，前途不可限量。家長感謝老師教導有方，心裡很受用。時間尚早慢慢踱步，想到趙兄女兒下落不明有負所託，心下黯然。突然遠遠似是熟人的身影，快步過來竟是何叔。何叔從不曾來過藝園，一定有緊要事。不客套邀請入園內細談。

茶也顧不上沖，何叔說了來由，會不會是我瞎猜呢，吳爺？何叔叫我志明得了，什麼爺不爺的。你猜的沒錯，趙大哥出事那刻錢氏以為他傷重必死無疑，趕走傅盈盈母女，而今女嬰下落不明。嫂子忍辱負重回鄉幫助夫君恢復，兩人在山城創業，錢氏怕兒子知道真相，又在想什麼詭計。趙家少爺是見了父親，卻沒人告訴他妹妹的事，為的不想製造更大家庭糾紛。我就怕錢氏沒安好心，大哥不能再受刺激。不巧明早約了個客戶推不掉，就算明天辦完事趕去，我也不及人家快。這下怎生是好，千萬不要節外生技。不過無論如何我都會去，感謝何叔專程前來相告。吳爺，咱們相交多年既成執友，哪有不相助之理。老朽告辭了。

那一邊廂，錢漢生上妹子家來。太太打發劉嫂去買菜。哥哥說，自強一早求我安排去山城看他爹，被我一再推諉，他等不及便自己去了。我從車夫阿強那裡知道，西門城下「何記牛雜」老闆是他們的朋友，一向出入會在那裡聚首。昨夜我找到何記，故意叫肥膩的牛雜油麵，嫌膩要了茶，老頭果真沖了最新的秋茶鐵觀音。我看到茶包上的新包裝，赫然印著《連贏茶莊》紅色大字，小字印的是山城地址。估計他們在安溪縣城開了家鋪子。看來妹夫已經痊癒卻不想回泉州，傅盈盈當然會告之女嬰之事。妹妹你當初走這一步太絕，俗話說幫理不幫親，為兄也難為你開脫。我看還是忍一忍，退一步海闊天空。

我為什麼要忍要退？難道明媒正娶不如個小妾？趙連達吃了狐狸精的迷魂藥，我做大婆的能不叫他回頭是岸？乾脆給那掃帚星一筆錢打發她走。兒子才十七歲未成人，憑什麼老子不回家？拋妻棄子理虧的是他。當然我不會去吵鬧，大哥你只要陪妹子走一趟，安溪你的人面廣，誰不給你面子？

哥哥吃不消妹妹這種女人，心裡倒是有股衝動，想去看看那個女人，上回見她可憐兮兮的，那憂傷的美真叫人心動。既然磨不過妹妹，去一趟又何妨，情理上也該慰問慰問妹夫。於是約了明天晚一點才動身，因為需要找一個借口出差，叫了轎子來家找你。

三

當晚有人請錢漢生吃花酒，睡到日頭照屁股才醒。想起答應妹妹去山城的事，後悔不該花兩天時間陪妹子做這件無益的破事。謊報山城有某逃犯的消息，叫兩個地保去僱兩頂軟轎，強調轎夫必須是年輕力壯的，超過五個時辰不到地方不給錢，一頂轎子先去通政巷趙府，西門見。錢氏在家急得團團轉，終於聽到門環響，慌忙拎包袱出來。

一路無話，緊趕慢趕再快也得天傍黑才到。到了縣城先去縣府公安科，出的公差嘛。舊同事見老錢來到，恭維拍馬無所不盡其極。

喝了一輪茶，老錢道縣城好景氣，新開了幾家鋪子，兄弟們水漲船高。老部下這個說近年朝聖的客人多，東面開了幾家香燭鋪，那個道南街《連贏茶莊》新開張。人們便評論，兵荒馬亂的茶鄉，哪有多少人來遊玩買茶，丁點零售生意做的外地客，人家志在收購茶葉。自從有了茶莊，多遠的茶農也拎茶來賣。你們說山旮旯誰會去收購茶葉？現在好了，拿兩斤茶來縣城賣，順便買點東西回去，這裡也熱鬧了。錢漢生打蛇隨棍上，說茶莊是我內弟開的，請各位多關照。大家馬上表態，說錢大哥放心，你不必開聲兄弟們也會照應。老錢道拜託了，今晚歇周記。舊夥計都知道該怎麼做的了。兄妹倆起身上街。

來到南街，原來《連贏茶莊》是舊裁縫鋪址，不過還未到戌時已關門，走近了門上掛個牌子：「東主有事　稍候片刻」。踏入隔兩家的跌打武館，人們見來了老相識，說什麼風吹了錢大局長來。錢漢生說來看內弟，新近開了家茶莊，此刻卻關門。有人告訴錢局長，人家兩夫妻好恩愛，每天下午都去看中醫扎針，瞧這時辰估計就快回來了。錢氏一聽氣不打一處來，氣呼呼扭擺出去。

每天申時傅盈盈必挽著丈夫去做針灸，此時女人開了門，扶丈夫躺到籐椅上，剛伸手摘下門上牌子，一個女人闖進來，不分青紅皂白一巴掌狠狠打過去，盈盈粉臉立下腫起，現出五個通紅的手指印。「你個狐狸精霸占男人過二人世界，令男人背上拋妻棄子的罵名。」趙連達本閉眼休息，一下子驚醒坐起來，罵出「潑—婦」二字，一口鮮血湧出昏了過去，血染紅了雪白的襯衫。盈盈顧不上臉頰腫痛，大聲哭喊「老爺！老爺！」遲來的錢漢生心知妹子闖了禍，罵聲蠢婦無藥可治，急忙跑去請醫生。

老中醫想不到來請他的是前公安科長，病人是剛邁出門的趙老爺，立即給病人吞服藥丸，找穴位扎了兩針。醫生難掩憤怒之情，責怪道，趙先生目下尚不能用言語表達，病人能挽回小命已經萬幸，怎忍心刺激他呢？他似看出尷尬場面特地吩咐盈盈說，太太等下過來拿藥，今晚給趙老爺煎服。錢氏想不到丈夫如此不堪一擊，後悔莫及，正不知如何是好，吳志明闖了進來。

趙連達指著櫃檯對義弟說了聲「筆」，吳志明磨好墨鋪好紙，扶義兄坐到櫃檯櫈上，只見他搖搖晃晃寫下「休書」二字，因手抖動得厲害續不下去。錢漢生知道這下子妹妹完了，懇求妹夫有話好好商量，妹妹有失家教錯在父兄，父親早喪自己身為大哥教導無方，錢家願意賠禮道歉。休書一出兩家面子何在，少爺在場面上也難堪。合不來就分開住，井水不犯河水，對外不需提起，吳兄弟你說是嗎？不想趙連達接著寫下「女兒」兩字，這一來錢漢生語塞。最後寫了「恩斷義絕」四字，擲筆地上。錢氏伏身大哭，錢漢生挽了妹子，道聲告辭，灰頭土臉而去。

第九章　嘉禮藝人

一

那天王添裕抱緊佛祖恩賜的寶貝，一路上戰戰兢兢，惟恐跌了手中珍稀。這個中年男人幾乎因喜悅而瘋狂。焚過多少香許過多次願，期望有生之年能育一兒半女，這一輩子縱然再勞碌也無怨言。想不到夢寐以求竟然得自天賜。一年多來因病歇下生計，日日到開元寺打拳，希望強身健體得已繼續謀生。每日抵寺必先誠心向佛祖禱告，祈求自身的康復，也祈禱能有子息，果然心誠則靈，佛祖圓我心願。阿彌陀佛！這半輩子培育了眾多徒弟，女兒或許是上天對我的眷顧和獎賞吧。

大半生為口奔馳，帶著戲班子馬不停蹄四處演出，倒不全是為個人養家活口，而是丟不下一班徒兒，他們需要找飯吃。班主不易為啊。想自己十二歲入行也是因為家窮，安溪窮山鄉除了幾棵茶樹一無所有，田地出產的糧食不夠餬口，父母養不起太多孩子，惟有流淚把他送到戲班子，希望兒子能學一技藝將來好謀生。十八歲出師擔起戲班子，帶領眾人遊走四方，就是為三餐一宿。

明代泉州曾有一幅頌揚木偶戲的對聯：「頃刻驅馳千里外，古今事業一宵中。」可見其時木偶劇目題材極豐富廣泛。到清代乾隆、嘉慶年間，提絲傀儡戲雖僅只三十六個固定形象，但行當已分生、旦、北、雜四大類，可演四十二部大戲，小小戲臺上木偶們縱橫千里、包容古今。

回顧五年的科班學藝生涯，每日雞啼起床，吊嗓子、念劇本、練線功，晚上背曲牌。因為只讀過兩年私塾識的字太少，詞曲兒全靠強記硬背，一句念錯師傅的板尺就打下來，手心馬上紅腫，吃過不少苦頭，虧自己聰明記性好才不至時常挨打。同時學藝的孩子，愚鈍的就常被罰沒飯吃淚汪汪。十來歲的孩子手力不夠，扯起兩三斤重的木偶，還要讓它們表演各種動作，夜晚睡覺方覺手臂酸痛不已。

戲班平常只有蕃薯粥喝，學徒個個面黃肌瘦，大家期盼外出演出才有飽飯吃，才能聞到魚肉味。請戲的主家不是祭祀就是節慶，殺豬宰牛擺宴席，盡可吃的嘴上流油。閩南地區民間婚嫁、壽辰、嬰兒周歲、建屋奠基上樑、新居入伙、迎神賽會、謝天酬願，常請演提線木偶戲以示大禮。師傅說，沒有苦練功夫哪能演出，沒有演出又哪有好飯菜，不付出代價怎麼換回三餐一宿。師傅說的對，誰也不怨誰。

家中的米缸就快見底了，妻子已經提醒丈夫多次，他也曾到處去聯絡，只是未有消息。現在有了嬰兒更需要錢，打算回家將孩子交給老婆就出去找關係。才推開家門，女人的聲音隨即傳過來：「說曹操曹操到，老王這不來了，免先生您多走一趟。」原來家中有客人，老婆正與客對坐喝茶。王添裕忙將懷裡睡著的孩子交給妻子，與客交談起來。

王妻雷秀芬乃王添裕下鄉羅東認識的。雷秀芬是個戲迷，從小聽地方戲曲長大，家鄉附近有許多梨園戲、高甲戲、布袋戲班。女人獨愛嘉禮戲，每每因王添裕的精彩猴戲如癡如醉。戲猴是王添裕的絕招，只見其手中拽著密密麻麻的提線，拉一拉動一動，那木頭猴子活如精靈，彈琵琶、跳舞、搬箱、推車、踩兩輪車，連嬉鬧的孩子都寂靜下來瞪大眼睛觀賞，臺下觀眾無不拍爛手掌。

雷家的父親死在南洋，寡母守著一對兒女，哥哥已成家有兒有女，就差妹妹待字閨中。媒人多次上門提親都遭雷秀芬回絕，母親見女兒年歲越來越大日夜不安。終於還是女兒自己開了口，說要嫁給王添裕。母親雖寵愛女兒，聽了卻大為反感，說嘉禮戲班四圍去演出，風餐露宿居無定所收入不穩定，這日子怎過？女兒就吭一聲「我願意」。於是光棍王添裕討了老婆。戲班確實到處流浪，新嫁娘雷秀芬年方廿五未能有孕，難道也是天意？

且說王妻接過沉甸甸的大包袱心下生疑，進房放床上打開，但見層層包裹下是一個可愛的寶寶，踢著小腿對自己笑，感動的淚水滾滾而落。見她穿了這麼多衣物嫌太熱，趕快除去袍子脫下衣服，袍子內裡連著張字條寫著幾個字，料是孩子的生辰八字，嬰兒下身已是濕漉漉。急中生智找來破被單，三下五除二又剪又撕充尿片。此時充鼻的屎尿臭氣攻上來，小家伙甫見面就送人一泡屎。

倒了竹罐的溫水清洗，諒是漚的久，小屁股紅紅的，撒點搽臉的粉包上新尿布。女人做完清潔正想扔掉骯髒的尿布，覺得這包屎尿也太重了吧，隔著尿布摸摸有硬物。拎到後院花圃輕輕抖開，天哪，是許多金器！打了桶井水沖洗，件件首飾精工製作，比自己的嫁妝還漂亮。心下明瞭孩子必是大戶人家的千金。真是又驚又喜，心撲通撲亂通跳，果真是佛祖賞賜的運財童子。鎮靜下來洗乾淨手，將金器收拾藏妥，趕快生炭爐熬米粥，嬰兒不過出月而已，自己又沒有奶餵她，只能如此。

王添裕送走客人趕快進後院，兩夫妻都急著告訴對方好消息。你說。你說。你先說。王班主疼老婆投降了，說起今天撿到嬰兒的事，似冥冥之中有主宰，強調是開元寺佛祖賞賜的，咱一定得當她親生女兒疼愛，委曲女兒就是扭曲菩薩的美意。妻子說知道啦，你以為不是我生的我就不疼她呀？這小家伙挺容易養的，又不哭鬧，已經會衝我笑呢。我正給她熬粥，等咱有錢買兩聽牛奶膏[1]餵她。

---

1 牛奶膏，煉乳。

王指著桌上的銀錢說，這不就有錢了？剛才那人邀請咱們班子去郊縣巡迴演出，付了訂金。普田仙遊一帶雖說普仙話，人們卻愛看嘉禮戲，對方的主人是位歸國華僑，呂宋一帶華人都聽懂閩南話，財主要給母親祝壽，演的必須是喜慶劇目。說完問，你又有啥好消息？不告訴你，輪到雷秀芬吊丈夫胃口了。快說呀，我出去隨便吃點什麼，得叫齊人準備過些天出發，有什麼需要的東西必須去買。

妻子也不賣弄神祕了，說起那一包金子的祕密。說完一再強調不能動用任何一件首飾，即使未能留到陪嫁女兒，也得用在孩子讀書的大事上，不能枉了女兒高貴的身分。王添裕忙贊賢妻有見識，我當父親的還能餓了女兒，一定要掙多些錢供她讀書，讓女兒讀洋書將來做個上等人。你快些收拾行李，趕做幾套小兒衣服，我等下經南街百貨買搪瓷面盆、熱水壺、奶瓶、煉乳、嬰兒藥，鄉下地方買東西不方便。

王添裕說完急著出門，卻被妻子叫住。孩子她爹還沒給女兒起名呢。讓我想想，丈夫頭也不回。

這下子提醒了雷秀芬，孩子需要替換的衣物，好在夏天穿的少。於是女人找遍了整座宅子，到處是戲班演出的道具家伙。二進院是家人住宅範圍，後院則打通成為大工場，沿屋的牆邊都圍著木檯和椅子，檯上面全是雕塑木偶的工具，有的木頭雕了一半有的已成型油漆好晾著。地上一箱箱木偶和道具。女人靈機一動，拿出箱底做布景板的布幕，找出一條薄薄的暫且當揹帶布，把孩子綁到胸前，匆匆鎖上大門。

二

趕到東邊承天巷，堂姐雷秀花給一家有錢人看房子，主人做生意長住濱城。堂姐大概在後院，拍了好久門環才聽見。雷秀花開門吃了一驚，說一年多未見，原來躲起來生孩子啊，說著用眼睛巡視了雷秀芬的肚子。堂妹正不曉該如何解釋，順水推舟道，你又不是不知妹吃哪行飯，哪有你好命，雖是孀居卻遇上好主人，白吃白住大閒人。說罷解下嬰兒給姐姐看。

哇，這麼漂亮的妞兒，真的與你老公生的？不會相上什麼貴公子懷的吧？寡婦人家嘴上刻薄。妹也不回嘴，說求姐幫忙來了，孩子在鄉下巡迴演出時生的，衣服都是大戶人家給的，你瞧這背帶布是戲班的布幕呢。我想求姐縫幾件小衣服，過些天要去普仙一帶。姐說是你自己千挑萬揀的，好嫁不嫁跟個傀儡戲子跑，這走江湖的日子怎到頭？姐，生死皆有命，萬般不由人，王添裕是窮但對我好。

別對寡婦秀你們夫婦恩愛。衣服主人家有的是，一窩孩子都長大了，縱使老爺再討小的，新生兒也不會穿舊的，更別說他們都到南洋去了。咱去內院找，太太住東廂房，舊衣物一籠籠都在閣樓上，你將孩子給我吧。小乖乖，什麼時候會跑會跳，記得常來看姨媽哦。

有錢人的氣派就是不同，現成的嬰兒用品一大堆，連背帶也不缺。妹妹該怎樣感謝姐呢。做我的乾女兒，堂姐不容反駁的口吻。好，妞兒這就拜過姨媽乾娘。雷秀芬抱過孩兒作鞠躬狀。不算數，你女兒沒姓沒名啊。是啊，謝謝姐姐提醒，他爹還沒想好名字呢。別想了，這妞兒長大必是個巧姐兒，叫她巧鳳吧。承乾娘貴言，王巧鳳這廂有禮了。感謝乾娘疼惜，鳳兒銘記在心，將來長大孝敬您老人家。雷秀芬亦是戲班一角，常在幕後唱女腔，用演戲的油腔滑調戲弄堂姐。

自此王巧鳳成為藝人王氏夫婦的千金，跟隨戲班子到處飄泊。每到一個地方，母親必僱用一名婦人為之照看女兒。藝人生活苦樂參半，有了掌上明珠的王添裕加倍努力掙煉奶錢，他心甘情願。父母上臺時，傭人抱著女兒在臺下看他們的戲。每當夜間落幕累得渾身乏力，女兒的一顰一笑一聲爸媽，令父母的心都融化了，夫婦倆甘之如飴。

光陰似箭日月如梭，鳳兒應該入學了，父母不能再帶著她去流浪。這個問題困擾著兩夫婦。王添裕想留下她們母女在桐城，可是戲班不能沒有雷秀芬，多年來收的都是男徒弟，沒有女聲可以代替其角色。妻子也不放心丈夫，王添裕身子孱弱，需要她時時煲湯熬藥。況且丈夫的收入又如何支撐兩頭住家呢？兩難之際豈料又是乾娘雷秀花來解燃眉之急。或許一個人太孤單，她提意將乾女兒留在自己身邊，理由是：這承天巷不就有洋教堂、洋學堂嗎？

真是天意啊！王氏夫婦長年在外，桐城的事皆陌生。聯想到女兒項上戴的銀項鍊，那不就是洋人的護身符？男人說，女兒的生身父母大概是洋教徒，拘於某種原因無法養育孩子，希望他們信奉的神保護女兒。鳳兒一定得上洋學堂，不能辜負人家將骨肉忍痛割捨。兩人決心將女兒交給堂姐，因為王添裕恐怕自身並非教徒，又不想讓人知女兒真正身世，就讓堂姐帶孩子去磨嘴皮吧。

登記入學需要出生記錄，雷秀芬將小袍子上的紙條交給堂姐，求鳳兒生日那天，拜託姐記得煮兩隻雞子給她，說完眼溼溼的。基督復臨安息日會剛在承天巷建福音堂，還辦了家小學，初時信徒不多。堂姐說自己死了老公，男人是信教的，不信你們看孩子脖子上的項鍊。教會果然收下鳳兒，王巧鳳成為他們的學生。

姐，鳳兒是我們的女兒，也是你的女兒，我倆把她交託給你，出去掙多些錢供她上學。雷秀芬與堂姐說掏心話。放心吧，鳳兒的名還是我起的呢，我就是她半個母親。目不識丁的雷秀花沒有一句推辭一力承當。兩姐妹為女兒上學的服裝忙活起來，將楊家太太的舊衣物大改小，做了書包、縫了裙子、製了襯衫，買了黑鞋白襪，冬夏校服外套學校有的買。父親到文具店買來一應用品：文房四寶、算盤、尺子、墨水、水筆、鉛筆，光是學費書簿費就幾個大洋。咱鳳兒真金貴，兩個母親看了讚嘆不已。

父母接下一家又一家的訂金，演了一場又一場戲，為了女兒的學費和生活費疲於奔命。過年過節本該回來與女兒團聚幾日，卻總是為主家豐厚的訂金無法拒絕引誘。有了錢少了相處，生活就是如此，如何兩全呢？通政巷王家的屋門幾乎永遠緊閉，趙家傭人劉嫂永遠的失望。她的佛祖似乎輸給了上帝。王巧鳳自小在教會環境中長大，每天起床第一句禱詞：耶和華我們的主啊，祢的名在全地何其美，你將你的榮耀彰顯於天。吃飯前必先默禱：感謝主賜我美食，求祢潔淨，奉主名求，阿門！

其實劉嫂見過這個看著她出生，又親手將她送出去的女孩，不過無法將女嬰與上學的漂亮小姑娘聯想到一起。女學生背著書包，紮著兩條小辮子，蹦蹦跳跳地上福音堂，而劉嫂要去承天寺拜佛，她們就這樣擦身而過。

三

民國二十二年（一九三三）春。

老闆要姨媽去鼓浪嶼，主家在龍頭有店鋪，安海路有棟房子。看姨媽有些猶豫的樣子，主人問，有困難嗎？妹妹將女兒交給我，就在承天巷洋人學校讀書。她父母呢？兩公婆帶著戲班四鄉去演出，一時難找到人。帶小姑娘一起去廈門，告訴我這家人的住址、姓名及戲班名號，我叫人告訴他們。新太太要生小孩，你能不去嗎？原來老爺討了小。主人為姨媽和鳳兒買了船票，見到鳳兒可人的樣兒，主人楊老爺很是喜歡，總是掐她的腮幫子，戳點她粉頰上的小梨渦，期望新太太能給自己生這麼個漂亮女兒就好了。

王巧鳳就這樣離開了家鄉。

可是王添裕夫妻帶著戲班到處跑，哪裡去找他們？楊老闆是個有信義的商人，寫了封信交代夥計去打聽，說若實在找不到，就將信塞到他通政巷的家，女傭告訴過主人他們農曆年底一定回泉州。人上託人，人家追到南安，他們恰去了安溪；追到安溪，又去了永春，終是聯絡不上。直到年底兩夫婦回來泉州過年，才知道女兒隨堂姐已經去了濱城將近一年。老王哀聲嘆氣道，一家人不團圓過啥年呀。雷秀芬說，不如咱去廈門走一趟，我長這麼大還沒去過呢。一言為定。然而才決定老婆又反悔，自己從未去過大城市，更何況是鼓浪嶼洋地方，勢必被人笑話鄉下婆子。倒是丈夫走慣江湖，說只要身上有錢怕什麼。於是兩人坐言起行，買了第二天的船票，將一年收入綁緊在褲頭上出發。

廈門人泉州人都說閩南話，可音調完全不同，外地人一開腔，廈門人就叫他們「內地人」。兩個內地人怕被文雀偷錢包，死死抱著包袱不敢放手。老婆又暈船，差點連五臟六腑都吐出來。好不容易才到岸，老公挽著老婆去搭渡輪，鼓浪嶼又全是坡地，老王又得挽著老婆上陡坡，暈頭轉向不停問路才找著。

當雷秀花聞聲打開門時，幾乎以為來者摸錯門。哎喲，什麼風把妹子、妹夫吹來呀！快快進來，兩位闖慣江湖，怎麼這等狼狽不堪呢？趁老爺陪太太回娘家，趕快讓他們盥洗換上乾淨衣服，快手快腳煮了兩大海碗雞蛋線麵。見兩人狼吞虎嚥，說一路上一定沒吃過吧。老王聽了臉一下紅到耳根。姐，不怕你笑咱寒磣，為了護住鳳兒的學費、生活費，妹子暈的翻江倒海，手上的包袱不敢放，連眼睛都沒敢合。雷秀花連連搖頭，安頓兩人到樓下客房休息。

進房雷秀芬幾乎掏出所有錢來，說一年的收入全帶來了，出來一個仙也沒花，僅只留下回程買船票的錢。數了數錢，雷秀花又搖頭。妹子啊，而今咱鳳兒讀的不是一般洋學校，叫做什麼貴族學校，還是楊老爺拜託人進去的，將來定是會有好出路的。光是學費、書簿費和校服一年不下十個大洋，加上這穿的用的，吃住楊老爺倒並不計較。這一說王氏夫婦頓時懵了，無言以對。

三個人正面面相覷，傳來開門聲，雷秀芬馬上豎起食指搖搖頭，不言而喻，千萬別讓女兒知道父母的難處。雷秀花捧了空碗去廚房，果然鳳兒背著書包連蹦帶跳，衝進廚房大喊：姨媽，我餓了！雷秀花故意不理她，邊走出廳堂邊說，傻丫頭沒規矩，也不去客房瞧誰來了。

誰來了？

這下子輪到女孩傻了，呆了一會兒才醒過來。「爸！媽！」鳳兒衝過去，一會兒吊著爸爸的脖子，又哭又鬧，一會兒抱住媽媽的臉，吻了又吻。三人哭成一團。爸媽不要鳳兒，現在才來看我，嗚嗚……我不讓你們走，爸媽要留下來陪鳳兒，嗚嗚……

好了好了，雷秀花塞給鳳兒幾塊餅乾一瓶水，叫她帶父母出去走走，恐怕主人回來哭哭啼啼不好意思。鳳兒一手拖一個，帶兩個「內地人」去吹海風。從安海路到內厝澳，教堂壯麗恢宏；從內厝澳到雞母山，小徑幽靜安寧；從雞母山到美華沙灘，海灘水清沙細；夕照下的小島海風習習，海浪滔滔。

做完導遊鳳兒終於嚼完餅乾，抹抹嘴說，等主日做完崇拜，我帶爸媽去爬岩仔山，人說不到日光岩不算到廈門。我還要帶你們去叔莊花園走四十四橋，去看我們毓德女校，那可是一家了不起的學校！女兒能考上這家名校，也算了不起吧！

一路上不停嘴，父母沒有出聲，臉上不掃女兒的興，心裡因銀錢為難。太陽下山了，爸媽也累了，咱們回去休息，明天再走吧。

小妞兒做了功課抵不住瞌睡，早早酣睡。王氏夫婦輾轉反側，最後商定明天回泉州。還是雷秀芬有決斷，對堂姐說馬上回去收別人欠下的尾數，她的心裡是要賣掉那些首飾。女兒帶來的東西用在女兒身上，方對得起佛祖對得起良心。

第二日趁鳳兒上學離家，兩人立即啟程。回去賣了一半金飾，王添裕自個再走一趟，雷秀芬怕暈船又怕花錢，能省則省。他們日後惟有去掙更多的錢，才能勉力支撐下去。最後那一半首飾，再過兩年終於還是給賣掉。為了省路費，兩人沒有再見女兒，錢都是分批交妥當的人代轉的。

四

民國二十二年（一九三三）秋。

這一年趙連達走到人生的盡頭。短暫的四十七個年頭，後面的十年是賺的，因為他心愛的女人的付出得以延命。能在山城與所愛共度十年，粗茶淡飯也是幸福的。老爺知道自己將走，所有事情都做了安排，桐城的物業和公司全交給少爺自強，山城的公司全歸傅盈盈，遺憾的是未能找到女兒。依照死者的遺願，喪禮就在家鄉舉行，棺木送到吉祥鎮趙家莊。

生前老爺沒有登報與錢氏離婚，是為了顧全錢家的臉面，實際上趙老太爺正式將錢氏排出趙氏家族。錢漢生還是感激的，安排了幾部車子到安溪縣城向趙老爺告別。來自桐城的有趙自強一家，他已娶妻生子。義弟吳志明一家，其子吳啟新高大帥氣，今秋即將上大學；女兒在培英女中讀書。錢漢生一家。同來的還有阿福、何叔及《連達茶莊》的經理。劉嫂不能來，哭的比誰都傷心，在她善良的心裡，沒能找到小姐對不起老爺。

吳志明特地將兒子帶到傅盈盈跟前，父親不止一次贊揚傅姨的美德，她早在吳啟新心目中占據崇高的地位。然而想不到的是，傅姨這麼年輕端莊美麗。傅盈盈向目朗眉長、神清骨秀的吳公子伸出手甜甜一笑。她的笑容似乎在說，孩子已經高過他父親，學識淵博亦勝其父，將來定比相貌堂堂的吳志明更瀟灑。一代強過一代，即是父母付出的回報。

趙自強抱著兒子過來，孩子該稱二娘什麼呢？她這麼年輕漂亮。來，奶奶抱抱，傅盈盈大大方方地遞上手。孫少爺一點不生分，顯然「不是一家人，不吃一鍋飯」。縣城至吉祥鎮尚無完整的公路。趙家少奶奶修長窈窕、溫文儒雅、香氣氤氳。傅盈盈與她各抱一個小兒乘轎子，趙自強、吳志明、錢漢生徒步，一路護送趙連達的靈柩回鄉。

眾人見過老人家，白髮人送黑髮人，趙老太爺沮喪的心情可以想見，然而有了曾孫子，代代薪火相傳，生命的延續予老人心理上無限補償。最哀傷的傅姨已哭的沙啞失聲，卻是步履堅定，她欠老爺一個說法，只顧丈夫無暇去尋覓女兒。今天趙連達躺在家鄉茶山上，他的心一定牽掛著女兒，也一定會保佑妻子找到女兒。

最使傅盈盈心動的是吳志明的女兒吳巧稚，這漂亮的小姑娘十三歲已十分懂事，長眉秀目活潑好動，一聲「傅姨」清脆如夜鶯啼唱，暖了她的心也挑起對女兒的思念。撫摸兄弟的千金，問她讀書如何，升學如何。巧稚告訴傅姨，去年升讀培英女中，打算再過兩年報考集美學校。唔，唔，好孩子。想起自己的女兒應該十歲了，淚水滾滾而落。巧姐兒肯做傅姨的乾女兒嗎？女孩子猛點頭說，我願意做傅姨的乾女兒，將來跟乾媽學做生意。

吳志明聽罷吃了一驚，暗自責備為何粗心如此，未有細想一層安排得更妥當呢？大哥一走，嫂子孤伶伶怎過！於是雙方隆重地舉行上契儀式。吳巧稚說逢寒暑假就跟爸爸來山城看乾媽。

該去的去，該來的來，許多事是由不得自己的，聽任老天爺安排吧，活著的人日子總得過下去。

再見了老爺，我會常來看你，現在交通方便，搭一段順風車再走一程路就到趙家莊。待尋覓到我們的女兒，我會馬上飛過來告訴你。有一天我們還要相見。

第二部

第十章　一語成讖

一

濱城對面的小島一向享有「琴島」和「海上花園」美譽，以五百米鷺江與廈門市區遙遙相對。沿著迤邐的海岸線，島上白樺、椰樹成林，曲徑通幽鳥語花香，造物主的鬼斧神工成就了一片明麗雋永的風光。生長於斯的男男女女風度翩翩，悠揚的鋼琴聲令途人陶醉於音樂之鄉。一座座小洋房老藤纏繞，妖嬈奪目的玫瑰色三角梅悄然爬出牆外，鮮紅的炮仗花點綴萬綠叢中。

姨媽拖著鳳兒的小手步履匆匆，生怕落單緊跟在帶路人後面，小姑娘則用她明亮的大眼睛四處打量觀望。才登上輪渡碼頭，見幾個人敲鑼打鼓也不曉做啥，有支西洋樂隊招搖過市，帶路的說在宣傳什麼新電影上映。走過喧囂的龍頭路，姨媽，姨媽，你快看！小姑娘終於忍不住指著一幅奇景。姨媽抬起頭，見一家木屐店門前吊著門板大小的巨型木屐，板面寫著「好利號」三個大字。沿著斜坡往上的路牌指向海壇路，突然有個人提著銅鑼從坡頂下來，向龍頭街方向一路不停地敲，隨時停住腳高聲喊：「厝邊頭尾眾大家伙！有人拾到一個查某囝仔無？姓白名朗飼，今年六歲，綁頭鬃尾[1]腳穿木屐，花仔衫青

1　綁頭鬃尾即紮辮子。

褲。報說的賞二元，拾到的賞五元……」

小徑坡度越來越陡，鳳兒依戀希奇古怪的鬧市，一路回轉頭去望後面。來到坡頂的十字路口右轉永春路，走了一段路又是交叉口，前面打橫穿過的路叫泉州路，繼續朝前，橫向的才是安海路，67號正在興建一座教堂。教堂外牆砌紅磚，主體建築已基本完成，整座建築物呈十字立體式造型，黃瓦屋頂居中矗立著八角鐘樓，頂尖的十字架高聳雲天。十二道大門四面敞開（便於疏散），十六扇大窗戶通風又采光。堂內長寬各十三米跨度牆體上，巧用無柱鋼梁拱券屋架，天花木板吊頂，既高大堂皇又產生科學音響效果，頗具時代建築特色。無論從任何一個角度觀賞，其宏偉非凡的氣勢都令人歎為觀止。這是王巧鳳後來經常進出教堂細心觀察到的。教堂稱《三一堂》，乃由美國歸正會的新街堂、竹樹堂及英國長老會的廈港堂合建，亦體現聖父、聖子、聖靈三位一體之教意。

姨媽的主人在安海路買了一棟兩層樓高小洋房貼近三一堂，青磚小樓棗紅色百葉窗，院子裡有棵梨樹，梨花開得正盛，滿院飄香。打開窗戶，夜間聽得見渡輪鳴笛，清晨傳來海關鐘聲。主人楊思源五十不到，家族在南洋經商，長袖善舞投資有方，龍頭路開了家大茶莊。楊老闆時常四處奔馳，不放心太太一個人在家。太太年紀輕輕幾年前才從毓德女中畢業，而今懷孕找來體己的婆子照顧，於情於理都合適。房間有的是，鳳兒住到樓上太太隔壁，姨媽自然住樓下方便看門戶。

楊太太喜歡有小女孩作伴，丈夫不在時她太悶了，肚子已顯不宜到處去，這裡的路都是有坡度的。鳳兒生性大方不忸怩，對上過英文女中的楊太太十分欽敬，不是羨慕她過的西式生活，而是崇拜她的文化學識。她想讀英文學校附小，快求姨媽向學校打聽如何才能入學。小姑娘尚未懂得人情世故，倒是楊太太熱心腸，說只要楊先生肯開一句口便得了。不過我要問你對島上外國人辦的學校究竟知道多少？學了知識將來想幹什麼？小姑娘啞口無言。

那我給你講一個故事吧。

島上還有另一家女中即將招生，現時尚在興建中，明年就完工了。一九〇六年，有位名叫安理純的先生攜夫人從美國到鼓浪嶼傳道，安理純夫人一直夢想建一所女校，好讓中國貧苦的女孩上學。為了籌集建校資金，她養種雞、織花邊，努力協助辦農場。她養的種雞下的蛋自己一隻也捨不得吃，全部賣掉籌資建女校。誰要動她的雞蛋她就說：「不要動，那是女校的蛋。」就這樣一隻隻雞蛋、一杯杯牛奶積累起來，明年終於可以將建成的美華女子學校奉獻予教會。

至於安理純夫婦晚年退休時，留下中國的所有產業空手返美國，在他們的國家卻無力購置房子，需租借別人的車庫居住，直至一位美華畢業的留美學生知道，才把他們接到自己家中終老，這是後來的故事。

鳳兒依楊太太指點拖著姨媽去求楊老爺。楊老爺捧一杯紅酒在陽臺上看風景，姨媽戰戰兢兢踱到老闆面前，說娃兒想上太太那家學校，先生看可以嗎？你有錢交學費嗎？那可不便宜。楊先生笑著刮了一下女娃的粉腮。爹媽會給，孩子望著大人的眼睛回答。爹媽掙錢容易嗎，給不了欠債怎麼辦？楊思源見鳳兒期待的眼光，故意逗她。等我讀飽了書，那時便可以做工還錢，小姑娘理直氣壯。你以為投資在你身上一定有回報嗎？這一句是楊老闆心裡的話。豈知小妞彷彿聽到他的腹誹，鼓起勇氣說，大不了我賣了自己籌錢還債。哈，女娃子口氣蠻大的，怕了你，明天跟學校說去。先把功課拿來讓我瞧瞧，看你懂得多少英文。楊思源倒是頗讚賞，王巧鳳在他的協助下遂了心願，入讀毓德女中附屬高小，兩年後升讀中學。

毓德女中為美國歸正教會創辦，校訓只有兩字：「誠」和「潔」。培養學生的理念是：要有明敏的觀察力、縝密的思考力、健全的判斷力、剛毅的致果力，利用此四種力量企求至善、與人為善，以遠大的目光、熱烈的心腸、恢宏的氣量、特立獨行的精神，以治職事、以應世變、表率群倫、造福社會。在各種場合邵慶元校長總是鼓勵學生：不做書蟲而做人，做集體生活中的人，富有團隊精神和社會責任感。校長邵慶元父親邵子美，原籍同安橄欖嶺，因信奉基督教被族人趕出村，娶林語堂的表姐許以斯為妻。邵氏兩代子孫共出九名教授十名校長，成為著名的教育世家。

女生一律白衣黑裙白襪黑鞋。清晨她們集隊唱校歌：「蔚藍之天，朗耀之星！是為我校之旌。看他矗空高展飛騰，色彩何其鮮明。振我士氣作我先聲，導我奮進前程。化及三千，光被四表，與天日兮並行……」。她們勤於學習，奉行毓德精神，期望他日成為社會精英。下午放學回來鳳兒做小樓的清潔，給花園的花草樹木鬆土澆水，替院子和小路打掃落葉，然後才去洗浴，讓姨媽能安心做晚飯。通常老爺都出去應酬，只有三個女人吃飯。吃了飯鳳兒就專心做作業溫功課，早早睡覺。她從不睡懶覺，主日起的尤其早，陪女主人去教堂做崇拜。楊思源交待，以後鳳兒叫我們夫婦叔叔、阿姨，不必稱呼老闆。

二

鼓浪嶼素有「萬國博覽館」之稱，因為這個小島是中國在清末至民國時期兩個公共租界之一（另外一個是上海）。鴉片戰爭期間，英軍曾占領鼓浪嶼，直到一八四五年才撤軍。一八四三年後，根據《中英南京條約》廈門開辟為通商口岸，英國在廈門本島內港海岸獲得一塊灘地興建英租界。一八九五年甲午戰爭後日本霸占臺灣，為避免日本仔進一步覬覦廈門，清朝政府尋求「國際保護」，請列強「兼護廈門」。光緒二十七年（一九〇二），英、美、德、法、西、丹、荷、瑞挪聯盟、日本等九國駐廈門領事與清政府在鼓浪嶼日本領事館簽訂《廈門鼓浪嶼公共地界章程》，鼓浪嶼遂成為公共租界。次年一月，鼓浪嶼公共租界工部局成立，洋行、銀行大班任主席。在此前後，陸續有歐美日等十三個國家先後於島上設立領事館。這樣，廈門地區就形成兩個租界隔海對峙的局面。廈門英租界面積狹小完全是個商貿區；而鼓浪嶼面積較大，形成大規模的西式住宅區。

一九三七年七．七盧溝橋事變中日絕交。八月在濱城的日本人及日總領事館撤離廈門。但僅只過了不到一年時間，即一九三八年五月八日日軍捲土重來，並於五月十二日完全占領廈門。其時鼓浪嶼早已淪為各國公共租界，日本仔獨占鼓浪嶼之心仍不死。他們公開揚言：鼓浪嶼租界潛藏抗日分子、中國遊擊隊、支那特務機關，給予廈門皇軍政治上軍事上不少威脅。廈門居民大多遷居鼓浪嶼不肯回歸，令皇軍「繁榮」廈門遭遇不少阻礙，欲排除廈門的威脅及繁榮廈門，必須占領鼓浪嶼。

廈門淪陷前毓德女中校長邵慶元辭職南渡，改由他人繼任校長。楊老闆也已携妻女避難他去。王氏夫婦交待姨媽的錢僅夠鳳兒讀完初中，即使乾媽傾盡所有私己，亦只能短暫支撐開門七件事。王巧鳳無法與父母聯絡沒錢交學費，惟有輟學放棄升讀高中，此時不僅自身生活沒有著落，還肩負照顧姨媽的重擔。十五歲的少女正是最靚麗的豆蔻年華，當年「賣身還債」一語成讖。

在豆腐大的島嶼如何謀生？雖為公共租界，卻是工部局洋人統治的地方，除了龍頭街商店比較集中，其餘幾乎全是居民區，歸僑、買辦、白領少，幫傭、小販、漁民多。平民從事的行業無非手提、肩挑、走街串巷的小販。凌晨賣油條、豌豆、豆花、豆奶、碗糕粿、滿煎糕、炸棗、麻糍、油蔥粿，白天賣瓷碗、笊籬、竹刷、烘爐扇等雜貨，也有補鼎、補鋅鍋、補面桶的手藝人，深夜賣燒肉粽、芋包、魚丸湯、扁食湯、蠔仔糜、麪線糊。

島上有家娛樂場所叫《黑貓舞場》，乃臺灣人曾氏開設於民國十九年（一九三〇），七・七事變後曾老闆與大多數有錢人一樣避往南洋，舞場曾停辦。廈門淪陷不久，曾氏見鼓浪嶼公共租界尚可營業旋即返國，在鷺江戲院舊址建花園式舞場，雇用舞女二三十人，聘請南洋樂師主持樂隊。舞池周圍是茶座，跳舞間歇就在茶座休息，有小點、啤酒、咖啡及其他飲料任顧客品嘗。顧客買舞票入場，自由選擇伴舞者，每跳一次給小姐舞票一張。大腕顧客試過一次給十張八張乃至百張。舞女憑舞票向舞場支取酬金。

小時養父母從未讓寶貝女兒做家務，在姨媽家也是半個大小姐。十指纖纖的鳳兒除了做這一行還能幹啥。剛出道時未足十六歲，卻已身高苗條婷婷玉立，三年後發育豐滿了，只要化妝濃一點，穿戴俗一些，沒人知道她是洋學生出身。名校培養女生做淑女，豈料淪落為舞女。她不想被同學認出，總是晚出晚歸，出入舞廳的皆是男人，倒從未被熟人撞上。為了自圓其說，她的舞衣帶出去舞廳才換，出入均為家常便裝。尤其姨媽處需要隱瞞，說晚間替有錢人的孩子補習，現時學校沒啥教，好的校長老師都走了。

一九三九年發生公共租界事件，漢奸洪立勛被暗殺於鼓浪嶼龍頭街，究竟是抗日義士所為，或是日本人的陰謀，疑團難解。民間固然存在抗日組織，鋤奸行動時有發生，人人拍手稱快，但更多分析認為是日本仔製造的陰謀。日本海軍司令宮田借此下令：海軍陸戰隊二百人武裝占領琴島，並貼出「根絕不逞的匪徒」布告。一時間數百中國青年於一夜間失蹤，日臺祕密警探布滿全島，綁架暗殺無所不為，寧靜的島嶼立時變成恐怖世界。

九月三日，英、法正式對德國宣戰，歐戰全面爆發。英、法陸戰隊奉命撤出鼓浪嶼，停泊在附近海面的英、法軍艦駛離廈門港。日本人加緊對鼓浪嶼的封鎖和搗亂。工部局支撐不下終於屈服，與日簽訂包括「取締反日行動」和「即時採用日本人為監督及警官部長」的協定，小島即受日人半統治。十月十九日起日本領事館開始搜查教會、學校、書店，拘捕多人施以酷刑。一個名為《中華青年復土血魂團》的抗日組織被破獲，二十餘人壯烈犧牲。

一九四一年十二月八日零時，日本偷襲珍珠港成功。駐廈日人認定獨占鼓浪嶼的條件業已成熟，同日下午派出海軍陸戰隊，分別從龍頭、內厝澳、田尾登陸，島上所有美、英老外全部被俘成為日軍階下囚。學校被日偽接管，英文課改修日文。

三

燈紅酒綠。舞廳的華爾滋音樂響起，一班花枝招展的舞娘姍姍來遲，高跟鞋咚咚地踩進化妝間搽脂塗粉，媽媽趕鴨子般地催促她們快快下場。舞池裡閃爍著白色的、灰色的、黑色的、金色的頭髮。西裝革履的男士挑個相好摟摟抱抱，忘情地跟隨音樂踏來轉去耳鬢廝磨，貪婪地吸吮懷中女人髮際的幽香。七彩燈光打在人們的頭髮和衣服上，舞衣不斷地轉換顏色，紅、橙、黃、綠、青、藍、紫。王巧鳳例牌遲到，可她是最標青的，想與之共舞的大有人在，幹嘛要心急。姑娘慢條斯理好整以暇地發一陣呆，沒發覺有人坐到她旁邊的茶座，遞上一杯加冰的XO。這下子她才抬起頭，是一位從未謀面的年輕人。

謝謝，學校教出來的禮貌。不，不客氣，我認識小姐。不知是否喝酒的關係，帥哥兒滿臉通紅。一聽到有人認識她，假名小芳的鳳兒立時被酒嗆了，差不多彈起否認，我誰也不認識。鄙人在龍頭的中南銀行做事，你讀書那陣子來過我的櫃檯。想起來了，自己確實陪楊太太去過龍頭街那家三層高小洋樓。那一天你穿著毓德女中校服，清純飄逸如下凡仙女。年輕人太不醒目，不明白美女不想有人知其底細，仍絮絮叨叨。為了阻止對方再說下去，小芳見換了音樂，嘟起嘴問，你是來跳舞還是包打聽？不由分說拖著他落場子。自始至終姑娘都不出聲，小伙子也就不敢再造次，亦不敢貼近舞孃。兩人雖只木訥地轉了幾圈，男生聞到的並非女生身上淡淡的茉莉花香水味，而是實實在在的桃花初開、梨花初綻的美艷女人香。

連續幾晚他都來，兩人有默契地只跳舞不開腔，照例洋酒都是客人請的。有一晚小芳灌了一杯又一杯，口乾舌燥渾身熱氣升騰，領口下隨意敞開兩粒鈕扣，露出V字型的一小片白嫩，銳眼仿佛透視出舞伴白雪皚皚的峰起溝壑。舞步飄來盪去顯見凌亂，小芳的走姿已有些搖搖欲墜，勉為其難支撐到打烊。後生仔一直等著想挽她回去，卻被姑娘無情力一甩差點跌倒。小芳指著其鼻子喃喃而語：公子喜歡的是高貴端莊的淑女，我是那賣笑場的舞娘，各不相乾。幹嘛來惹我？說罷進化妝間脫下舞衣換上家常便裝，搖搖晃晃地哼唱著校歌而行。「蔚藍之天，朗耀之星！是為我校之旌……」回安海路住處的路段頗長，年輕人在後面跟著，直到聽見關門聲，看到亮了電燈才回去。

中南銀行是擁有全國發鈔權的民營銀行，南洋華僑對之極其信任，廈門淪陷後，鼓浪嶼辦事處擔負起原先廈門分行的絕大部分業務。楊家是銀行的大客戶。鳳兒表面不理睬他，心裡卻贊歎，能進這家銀行做事簡直是天之驕子，相信他有真才實學決非紈絝子弟。後來小芳倒是客氣了些，主動與之修好。

你不是廈門人，姑娘撩他。你也不是，小子搭訕。你是泉州人。你也是。我住通政巷，你也住通政巷？不是，我住古榕巷，是你的鄰巷，不過我讀佩實小學，學校就在通政巷，怎麼就從來沒見過你？

傻瓜，你上小學我才出世；你讀高中我上初小；你在廈門大學讀書我在鼓浪嶼上初中。這就叫做：沒—有—緣—份！不對，我們相差那麼多卻能相遇，就證明有緣份。小芳見他如此認真，撲赤笑了出來。

年輕人見小芳高興了才不再害羞，說三七年在廈大畢業，入職那當兒像被篩過，百里挑一。可惜工作不到一年就打仗，完全與家人失去聯絡。他掏出一張名片，說自己不過是一名企業融資部門的助理經理。小芳不管他什麼職位，只留意到他叫吳啟新。鳳兒坦然說，我不叫小芳叫鳳兒，不必說你已知道我還在讀中學，寄居姨媽家，打仗爹媽寄不了錢，生活沒有著落才來做這行。與舞娘做朋友是很危險的事，你的上司、家人、朋友會瞧不起你，咱們還是君子之交淡如水吧。

不對，國難當頭，誰還計較什麼身分地位，重要的是記住自己是中國人，做有利於國家的事。就說我們銀行正對面那家勸業銀行，是日偽政府為掌握金融上的控制權專門開設的，選址故意不偏不斜，就挑在我們中南銀行鼓浪嶼辦事處正對門，意圖不是很明顯嗎？他們根本就是衝著我們來的，把我們中南視為眼中釘。只有設法在業務上打敗這個最大對手，才能真正掌握控制權。「中南」兩字寓意中國與南洋互相聯絡，承載著每一位華僑的經世濟國夢。中南銀行在戰時能正常運作，是對國家的經濟支持。

吳啟新只管侃侃而談，姑娘一言不發洗耳恭聽，年輕人後悔自己又造次，忙說對不起，我喝多也說多，得意忘形了。鳳兒並非生氣，她驚奇的是，這個羞澀的小子怎麼突然變成了另一個人。她笑了起來，說想起他像一個人。什麼人，是不是好人？你說校長是不是好人，你像給我們女生演講的邵校長，慷慨激昂。邵校長不僅是好人，而且是個成功的教育家。帥哥兒見姑娘把自己列入知識分子那類，放心點了頭。我也覺得你像一個人。什麼人，是不是好人？鳳兒學他的口吻。肯定是大好人，一個值得人敬重的好女人，不過我不懂得怎麼形容她。是啊，怎麼越看越像，瓜子臉上那深深的酒窩、長入鬢角的炭黑眉、攝人魂魄的大眼睛，尤其那迷濛沉思的眼神，舉止神態、一顰一蹙，都太神似了。

怎麼啦？鳳兒將玉手在小子面前擺了擺，說你想什麼走神了。今晚咱們去延平路吹吹風，吃碗扁食宵夜。

沿海邊的小食攤發出各自不同的叫賣聲，各有其特色，聲調有高有低、有粗有細、有長有短、抑揚頓挫、花樣繁多、不絕於耳。他們不用喊話叫賣，而是用專門的發音器代替：賣土筍凍的吹笛子，賣鹹酸甜（蜜餞）的吹嗩吶，白天賣肉的吹角螺，賣針頭線腦的搖撥浪鼓。傍晚賣扁食湯的挑到街頭巷尾把擔子一放，隨手抓起湯匙放在碗內搖擊成聲。左鄰右舍聽到不同聲響，便知道是那一行當的小販來了。

扁食的味道真好，吳啟新連續要了兩碗。鳳兒一碗下肚，舔舔牙說我以後上岸從良就賣扁食，吳大經理和太太跳了舞想宵夜，就到扁食嫂這裡來吃兩碗。見她牢騷話又起，吳啟新頓覺當頭一棒興致全沒，第二碗只吃了小半。

第十一章 集美內遷

一

多事的年頭。

早在一九三一年的「九一八」事變中，擁有四十四萬正規軍的張學良親自下令，不抵抗僅只一萬零六百名日本關東軍，丟掉東北大好河山。一九三六年十二月張學良連手楊虎城兵諫蔣介石，歷史稱「西安事變」。大半年後七・七蘆溝橋事變，戰爭打起來了。中國人民開始了艱苦卓絕的抗日戰爭。

一九三七年十月日本侵入金門，集美已成前線，學村時常遭日軍炮擊和飛機襲擾，師生面臨重大危險。迫於形勢，校董會商定將集美學校屬下師範、中學、商業、農林和水產航海學校遷往內地。其時安溪已有兩條主幹公路通泉、廈，且集美各校安溪籍師生員工、校友居多，占有地利、人和成為最終選擇。初時集美師範、中學駐安溪文廟，商業學校駐安溪後垵鄉，農林學校駐安溪同美鄉，水產航海學校駐安溪官橋鄉。當校方代表得知占地九千多平方米的文廟擬用作鹽倉，立即聯合當地校友、士紳一起據理交涉，終將文廟借為臨時校舍。一九三八年一月各中等學校全部遷入安溪縣城文廟校舍合並，便於統一管理，定名為「福建私立集美聯合中學」。

學子們亦學亦兵。課堂上他們一絲不苟地學習專業文化知識，課外接受訓練成後備軍。師生統一制服，配備軍事教員，開設抗戰理論課和軍事戰術課，訓練學生的偵查諜報、槍械使用、車馬駕騎、單兵戰術、捕俘格鬥、化裝、游泳等技能。

一九三六年秋季吳巧稚入讀集美私立師範學校，才讀了一年多就跟學校內遷，意外地來到乾媽身邊。十七歲的姑娘既能繼續上學，又可以時時向乾媽撒嬌，偶爾也在櫃檯幫幫忙，可謂皆大歡喜。吳家父母都放心將女兒交給傅盈盈督導，傅姨在心理上也獲得極大安慰，感恩而知足，覺得老天爺待自己不薄。店鋪雖聘用一位趙氏本家兄弟阿祥，可惜不通文墨，做粗活可以，記帳盤點就幫不上了。事事親力親為令傅姨疲憊不堪，今有乾女兒在身邊，問題都解決了。

貧窮的山城沒有大魚大肉，城中很多居民靠當腳力挑夫度日，能有蕃薯糜飽肚子大家便很滿足。鄉親們把集美學子當成自己的子女，主動幫學校劈柴挑水、採藥治病，為學生縫補漿洗、端茶送藥；師生們也把鄉親當親人，農忙幫工、節日慰問。小小山城頓時改變寂靜無聲的面貌，學校組織抗日宣傳隊，唱歌跳舞演街頭劇，發起募捐慰勞將士，街上不再只有農夫居民，更多的是年輕人的歡聲笑語。

吳巧稚跟所有同學一樣，不可以走讀舒舒服服住在家裡，不再嬌生慣養，儼然是個新時代女性。然而乾媽那麼疼愛她，與親生女兒沒啥區別，家裡店裡的事都與之商量，同學們來了慷慨大方地招待，抄出家中儲存的食糧，邀請孩子們在家中聚餐，傅盈盈成了眾學子的傅姨。

戰時鋪子的零售生意冷清，往往要等待桐城匯過來上一季茶款，下一季的收購才能如常進行。傅姨明白《連達茶莊》經營不容易，《連贏茶莊》除了配合沒有怨言，大家都不容易。

有日傅盈盈吩咐阿祥看店，抓起櫃台上的現金放進荷包上街去。宅子、鋪子都是自己的產業，主僕兩人吃的簡單花不了多少錢。然自從吳巧稚來到山城，乾女兒喜歡帶一班同學過來，年輕人胃口大卻都餓著，眾人的傅姨怎能委屈孩子們。她踱到米店傾其所有，買了糙米和蕃薯乾請店夥計送貨，繼續沿街逛。

沒有遭受空襲的山城藍天如洗，街上一如既往。突然傳來聲聲鑼鳴：哐！哐！哐！驚奇的人群都循聲跑過來。只見一位頭戴氈帽滿嘴胡子的老者，手上敲打著銅鑼，把人們都吸引過去，漸漸圍成一個大圓場。「鄉親們！有錢的幫個錢場子，沒錢的幫個人場子」。哐！哐！哐！……當人群逐漸安定靜下來後，老人拿出一把胡琴拉起來。此時一位俊俏的姑娘裊裊婷婷走上前。「女兒，給鄉親們來段小曲兒！」

琴聲如泣如訴，嗚嗚咽咽。姑娘應聲唱道：「高粱葉子青又青，九月十八來了日本兵。先占火藥庫，後占北大營。殺人放火真是兇。殺人放火真是兇，中國的軍隊，有好幾十萬。恭恭敬敬讓出了沈陽城……」忽然，姑娘猛烈咳嗽起來，唱不下去了。老人抱拳向四面觀眾哀求道：「抱歉各位，我們是在東北淪陷後，輾轉逃亡來到南方的。女兒沒飯吃呀！她是餓的……」

觀眾頗覺淒楚紛紛歎息，各自掏出些銅板往場中擲去，表示同情和支援。老人作揖打躬連連道謝之後接著操琴，讓姑娘唱下去。幾聲琴音幾句唱詞，姑娘仍因飢餓過甚不能成聲。老頭憤怒地再次呵斥，拿起長長的皮鞭狠狠抽打女兒，少女柔弱不支躺倒在地。忽聽一聲斷喝：「住手！放下妳的鞭子！」只見觀眾中兩三個青年憤慨地站起來衝向場內，拉開老人護住姑娘。全場都驚呆了。姑娘邊哭邊訴邊護住老父，她說：「我們東北叫鬼子占領之後，可叫淒慘哪！無法生活，只有流浪、逃亡；無處安身沒有飯吃，過著饑寒交迫的日子……」

一時間全場青年情緒鼎沸，像開了鍋的水激蕩不已。有人帶頭喊起口號：「我們不當亡國奴！」

「打倒日本帝國主義！」口號聲震動群山回蕩茶山雲空，有如向蒼天大地長吼。這時站在外圍的傅盈盈因身上沒有錢而後悔，心想不如請兩父女去家裡吃一餐飯，擠進人堆方吃驚不已：原來人家是在演戲，而女主角竟是吳巧稚！

有個名叫洪祖名的男生時常陪同吳巧稚，就是充當憤怒青年的其中一位。小子長的相貌端正，體格土墩子般結實，膚色又黑又紅像漁民。傅盈盈冷眼旁觀兩人走得頗近，心下有所提防，一向沉默寡言的女人突然嘴碎起來。

「祖名能習慣咱安溪窮山區嗎？」

「我老家汀溪也是山鄉，與安溪沒多大區別。」

「哦，那你在同安讀書？」

「是啊，讀完同安初級中學考上集美。」男生回答的挺坦然。

可精明的傅姨覺得他的年齡比別人大了去。聰敏的洪祖名後悔答得太快，顯然傅姨有所疑惑，便紅著臉交代自己休過學幾年。這話令吳巧稚大為吃驚，認識一年從未聽他親口說過。

多年的經歷令傅盈盈心思縝密。安溪龍門鎮翻過盤山公路上到桂瑤嶺，再盤下山去另一邊便屬於同安地界，汀溪確是窮山鄉。讀完初中不直接升學，要嘛家窮要嘛素質差考不上。暫且到此為止，不能一下子詢問太多，彷彿起人底叫人討厭。傅姨請他留下來用飯，雖是蕃薯絲飯也比學校的雜糧強。

有日傍晚傅盈盈爬高拿簸箕簸茶，落欖時不小心扭了腳，夥計馬上扶老闆娘去做推拿。剛巧吳巧稚又拖著洪祖名來蹭飯，聽阿祥一說兩人立即過跌打館來問候。沒事沒事，師傅功夫了得，推拿兩下搽搽藥油就好。反而傅姨安慰他們。跌打師傅說，要敷劑草藥明天才會見好。茶莊老闆也就靜心閉目讓醫師安排。傅姨今天服侍不了你們，你倆去煮點什麼吃吧。吳巧稚覺得既然幫不上手不如回校，飯堂還沒到關門時間。

兩人轉身一走，跌打師傅問，你認識這小子啊？我乾女兒的同學。哦，我覺得他長得很像一個人。哪個人、哪裡人？同安汀溪。正是，你認識？如果沒有猜錯，他爹叫洪七，算起來我們是師兄弟，師傅以進門的順序排名，他行七。今安在？廈門太古碼頭苦力判頭是也。以前幹哪行？在鄉間械鬥中打死人逃到廈門，因為常替搬運工人出頭，洋老闆便利用他做判頭，省去不少勞資糾紛。難得老子是粗人兒子培養成讀書人，老闆娘有點贊歎之意。兒子是不簡單，考了幾次集美名落孫山，聽師兄弟說，小子跑到濱城找父親，跟老子結識了不少三山五岳的人馬。想不到最後倒是給他考上了集美，不過人說僅僅合格，航海推給了水產。

於是傅姨心中瞭然。傅盈盈並非嫌棄小子鄉貧家窮，而是擔心其複雜背景。然而乾女兒彷彿昏了頭，幾乎與之有影皆雙。有一回到銀莊取了錢出來，忽然滂沱大雨，街上一片白濛濛。行人急急避入馬路兩邊雨廊。祖名！祖名！一把西廂記油紙傘下，一張桃花笑臉，輕輕一招手，傅姨後面飛出一個影子，差點撞倒自己。只見洪祖名迅速鑽進傘下，傘面小個頭大必須彎腰將頭貼近吳巧稚。於是男生搶過雨傘攬著女生的肩膀，卿卿我我頂著風雨而去。

看來要拆開兩人是妄念。乾媽自己也是窮人家的女兒，對窮小子沒有偏見，只是下意識地認定此人不務正業。瞧他們兩人每次到來，不是講政治就是論時局，熱衷寫標語、排版報、編刊物，花那麼多時間在這些事上，對學業似可有可無，能不叫人擔心嗎？做乾娘的也只能乾著急。

二

當局號召民眾武裝自衛保國保鄉，國共雙方都在發展自己的力量，社會上某些日人和日藉臺灣浪人興風作浪，公然出現漢奸組織如「中日防共懇親會」、「戰區同盟會」、「白衣軍黨」。民間抗日志士則成立鋤奸團，懲罰民憤極大的壞蛋。山城進步青年籌建「中國抗戰青年團」，以消滅漢奸、進行抗日救國活動為宗旨，至一九三七年底在各地發展會員約二百人，這個地下組織內不少是集美學生。

以往寂寥無聲的西街店鋪生意都做不長久，白天近郊的農民將豬仔雞鴨拿來擺賣，傍晚散了市就靜謐無人影。自從來了這麼多學生哥，能上洋學堂的通常都是中上人家，出門在外父母必然給孩子們帶些錢，大飯堂的伙食是可想而知的。於是有生意頭腦的人便租下鋪位，開起食肆做夜市。學校雖有紀律，但只要不太晚回校還是允許的。

一家自稱后垵人謝某開的日式料理，用海苔包裹飯團壓實，中間夾上鹹蘿蔔醃黃瓜，頗受學子歡迎。店主很會招徠生意，又時常自斟自酌，興致一來請人喝兩口清酒，與學生議論時政。

由於沿海局勢愈來愈緊張，為了防止日軍入侵，人民自毀公路，自沉輪船，到處是淪陷區湧入的難民。一九三九年一月，小小山城安溪的校舍已容納不下各校師生，水產航海、商業和農林各科遂脫離聯合中學，組成「福建私立集美職業學校」，準備遷往大田縣。

讀水產航海的學生聞訊有些不安，遠離江河湖海學航海水產已叫人質疑，去大深山上這類課豈不是紙上談兵。因此有些人聚集小食館買醉，某人又趁機暗中挑唆，號召抗爭到底，決不隨學校遷去大田。部分學生的躁動亦演亦烈，尤其喝下兩杯，離鄉的愁緒更濃，一部人認為服從即是盲從，盟約表示抗議；一部分人反對脫離群體，責備對方無組織無紀律。

集美學校的內遷無疑給山城帶來興旺的景象，也帶來複雜的團派黨爭，但在國共合作時期，團結抗日的目標是一致的，彼此也有默契。說心裡話，洪祖名是不願去大田的。航海僅在一九三六年這一屆收水產，以其成績被錄取是非常僥倖的。他的入學是負有使命的。於公人走茶涼，好不容易在縣城近郊建立的人脈關係，組織上必將這條線交與其他人，等於自己的工作白做了。於私他捨不得離開吳巧稚，多少雙眼睛在窺視，只要一個轉身狂蜂浪蝶立即圍繞上去。而個人必須服從組織，這是鐵的紀律。

當兩派由口角到碰撞，眼看要動手打起來時。謝老闆做起公證人，滿懷同情地說孩子們真可憐，不能主宰自己的命運爭取前途。學生們請教他，說廈門已經淪陷，不跟學校轉移又能做什麼呢？憨囝仔（傻孩子），可以做的事多了，學自衛、習武術、練打槍，幫助維持社會治安。有一身功夫幹什麼不行？於是他紮起馬步來兩下拳腳虎虎生風，吸引不少人圍觀。

有時謝老闆挺大方，免費贈送壽司予較窮的學生，與他們坐在一起邊吃邊聊天，以過來人身分點撥。「戰爭無非有三種結果：或勝、或敗、或言和，打才能決定勝敗，打仗就會死人，你們年紀青青大把前途幹嘛去送死？俗語說以和為貴、世事如棋，聰明人走一步觀三步，只要有強人能維持和平局面，咱們祕密串聯起來跟他的步伐，這種迂迴抗戰的策略方為上上之策。」

共產黨也好，三青團也好，都收到食肆老闆的言論。「中國抗戰青年團」派人調查起了此人的底，他雖自稱是南洋某人的繼子，多年前回鄉認祖歸宗，實際上是日藉臺灣浪人，用心良苦潛伏多年，今見時機成熟，企圖誘惑學子加入其漢奸組織，狼子野心昭然若揭。

謝老闆以為胸有成竹，即將成功拉攏一批青年加入其麾下，在山城建立偽「親善」組織，替日本人立汗馬功勞。豈料他的末日也來臨了。

一個風雨之夜，街上人影稀疏，鋪子早都關門了。謝老闆灌下一支清酒，鎖上鋪子，一路哼哼唧唧地踱到渡頭，大聲招呼披著簑衣佝僂著背，似乎就要收工的船夫。喂！老頭，過渡！船到中流，「老頭」突然直起腰，扔掉竹竿舉起腳下鐵棍一擊而中，將之按入水中至其窒息，尸首隨水流飄逝而去。

傅盈盈擔心的洪祖名終於隨學校轉移大田。

大田位於閩中山區，崇山峻嶺和茂密的植被有利躲避日寇侵擾，當時為防日寇內侵，公路全被破壞，從安溪搬到大田，所有學校設備、圖書、生活用具，全靠師生肩挑手提背扛。學子背著行裝，唱著抗戰歌曲艱難跋涉，起初沒有住處無法上課，學生只能散布在山中林間自習。

學校遷入不久，日寇戰機轟炸大田城，集美聯校借住的文廟被炸，圖書和儀器損毀殆盡。當地鄉賢發動村民慷慨騰出家族祖祠、神殿、廟宇和民居，供給學校辦學。村民收起了祖宗牌位，中斷每年一度的祭祖活動，欣然接納了內遷的集美聯校。教水產航海的老師在均溪河的塔兜潭搭高臺訓練跳水，開闢了兩個養魚池作教學用。

三

學校中有各種各派學生組織，以前洪祖名黏著吳巧稚，對與美女打招呼的男生虎視眈眈。人家見他那般大塊頭，態度毫不友善，便都怕了他，不敢接近姑娘。而今水產學校內遷大田，吳小姐的身邊湧出不少護花使者，意圖何其明顯。吳巧稚才不理睬這些小子，哪幫哪派也不參加，專心致志到功課上去，乾媽心中竊喜。而人是群居動物，獨來獨往畢竟孤單，姑娘難免惆悵。

有日在飯堂用了晚餐，吳巧稚一人百無聊奈踱到溪邊，見那些賣了雞鴨菜蔬的、挑了一擔尿水的、粜米氽蕃薯乾的農夫農婦們踏上舢舨，船夫渡他們回溪對面的家。夕照下的山城郊外美如畫卷，姑娘禁不住感嘆，若不是打仗，人民能安居樂業該多好，要不是打仗自己也不會來此地。春水浩浩蕩蕩，小船在流水的湧動中顛簸，偶爾出現一個小小旋渦，直把人的心釣到口中，真替掌舵者擔心。姑娘悵然若失之餘，瞧見一位甚是面熟的同校學長朝灘塗渡口步去，似乎要搭渡過溪。

哎，等一等，謝同學！她一下子萌起過渡的念頭。男生回過頭，見是校花吳巧稚，驚訝不已，吳巧稚從來不理睬男生。他揚了揚手回禮表示停下來等她。靠岸的船上客人都走了，要過渡的便陸續登船。謝君榮自個兒先上去，再轉過身伸出手接吳巧稚，姑娘靈巧的身形人如其名，在他的幫助下輕易地踏入船腹。小舢舨全靠船夫的竹竿和渡客的自動調節平衡。謝君榮由最初的緊張擔心，到攜手佳人溫柔的小手而身心放鬆，欣喜若狂。

謝君榮與吳巧稚同為集美師範生，不過高了一屆，今年夏天就畢業，兩人從來無緣直接接觸。你幹嘛要過渡？女生忍不住好奇心。我老家后垵就在溪對面。家中還有什麼人？父親早年去南洋謀生，之後替母親和我們兩兄弟買了大字（護照），我哭著不肯走要留下陪奶奶。後來我到集美讀書，奶奶在鄉間病逝，老家便沒有至親。

姑娘心想，原來有人比我更孤獨。至少除了父母、哥哥，還有乾娘疼我。姑娘不禁抬頭想看清楚這位學長，恰好謝君榮也投過來目光，這一瞥又都令對方不好意思，彼此復低下頭。正尷尬間船已抵岸，自然又是男生先上岸再拖女生的手，而這雙手竟然一直拖著，直到都覺悟了方才害羞地放下來。

上岸走不遠就是后垵鄉，矮小的平房參差不齊，哪裡是鄉公所，哪裡是謝氏祠堂，謝君榮一一指點。經過一列校舍，集美商校不久前曾在這裡上課，那是父親捐贈的小學。

吳巧稚似乎想起什麼，問：「學長畢業在即，將作如何打算？」

謝君榮慨然答曰：「值此國難之時，男子漢當為國出力，恨不能投筆從戎。然而細想，後方也有許多事應該做，比如南洋水路一斷學校沒有經濟來源，有些老師已尋找其他出路，堅持下來的幾位自動減薪，班級一再減少，許多孩子上不了學。我希望畢業後回來幫他們，不讓家鄉的教育事業因為戰事而停下來。不過……這僅是我個人明日要做的實事，大眾當務之急則是懲惡除奸，阻止那些勾結匪徒禍害中國人的壞家伙。」

小伙子這番真情剖白真叫人佩服。除奸？你敢殺人？吳巧稚心驚肉跳，圓睜懷疑的大眼。我不敢，但英雄們敢。我們只需協助他們便是為抗日出力。要做一個有為青年，不能置身時代之外，男生慷慨激昂。吳巧稚點點頭表示同意。聽君一席話，勝讀三年書。姑娘偷偷觀察這位外表斯文儒雅的青年，從他閃耀的鏡片後面折射出來堅定目光，受到震撼的芳心激烈跳動。

自民國二十七年廈門淪陷後，為防備日軍進犯，縣府奉命對公路實施破壞。縣城至吉祥鎮本就無完整的公路，清明節乾娘回去掃墓照樣如十幾年前坐轎子，來回一趟不容易，通常會多住幾日看看茶園，茶農開始採製春茶了。傅姨也得陪陪兩位老人家閒話家常，減輕他們思念兒子之苦。乾媽不在的日子需要回家看店，學校導師並沒有異議。

夜深了，山城安謐寂靜街上闃無人聲，一兩聲狗吠都遠遠的，夜幕中只有寥寥可數的星辰。南街內巷某宅子裡，一對年輕人「纏綿」在自家院落。虛掩的大門不時閃入一兩個黑影，幾個男人聚集在昏黃的燈光下，他們做出了一個重要的決定。民國二十八年（一九三九）三月五日，漢奸組織「白衣軍黨」

巢穴被搗，政府聲稱立功者乃縣保安團。

四

同年五月到了大田的集美學子們也沒閒著。洪祖名在上級的指示下聯絡了新同志，且收到潛伏在德化匪窩臥底的情報，匪首張雄南被日本藉臺灣浪人招降，對方答應供給全新裝備，發予軍餉編入偽軍某團。當地游擊隊力量不夠，惟有通過學生中的「中國抗戰青年團」，將消息祕密轉達當地保安團。德化張雄南這股土匪無惡不作民憤極大，無奈戴雲山植被覆蓋度高，政府拿他沒辦法。游擊隊決定參與行動，從後面堵擊協助端掉匪窩。共產黨地下永春、德化、大田三地游擊隊員半夜隱藏在土匪後山退路的密林中，保安團則占據入山口的有利地形。

幾天前張雄南派人下山，他們與普通老百姓沒什麼分別，都是一身短打，腳穿草鞋頭戴斗笠，腰間斜插旱菸鍋，完全是販夫走卒的模樣，誰會懷疑漢奸組織給他們武器和糧餉？幾個漢子在南安金陶過了一夜，第二日逶迤而至安海，終於見到海岸邊一溜三桅帆船。下山的腳夫們先醫肚子，山上多肉少海產，各叫了一大碟蠔仔煎，幾串魷魚鬚，蛋炒飯，若非為首的阻止，有人還要叫支白燒。眾匪吃飽飯抹抹嘴，找了家小客棧住下，向客棧店東探聽到「日隆」號泊於何處。

一個年歲大的先上船，問船家：「兄弟，俺米飯班主託運的貨到了吧？」

船夫反問：「一船都是水貨，你要的哪樣？」

問貨的取下腰間旱煙鍋連磕三下說：「山上缺糧少藥，就買的『糧』和『藥』兩味乾貨。」

船主答：「算你們找對了，乾貨都在艙裡。」

來人取了貨歇在客棧輪流看守。第三天負重到達金陶，在先頭住過那家客舍留宿。第四日抵德化境內天時已晚，找了客棧打尖。第五日一行人洋洋得意預定勝利回巢。

這一天穴中土匪準備開慶功宴，一部分人殺豬宰羊，一部人被安排到寨口迎接。眼看距離寨門僅百米之遙，十幾個凱旋英雄毫無戒備，迎接的兄弟亦笑逐顏開。本就是來搬輜重的，幾乎沒人帶槍，保安團猛一開火，一個個中槍倒地。寨內匪徒聽到槍聲心知不妙，還沒來得及反應，前面官兵衝進來，手榴彈將匪巢炸的稀巴爛。張雄南操起駁殼槍帶頭從後山退出，第一個被游擊隊神槍手擊斃，當場腦袋開花。餘匪見大勢已去，不戰而降。

戰事將學業拖了下來，三七年升上畢業班的學子們，終於可以補足文化課程，延伸兩年畢業踏上社會做事。山城到處洋溢著歡樂的氣氛，幾乎天天有歡送戰時首屆畢業生的聚會。即將離去的大哥大姐對學弟妹們亦難分難捨，他們有的要直接奔赴沙場，有的投入地下救國戰線，有的從事支援難民的工作。孩子們跳呀笑呀，笑聲哭聲混淆一起引人淚奔。如果說謝君榮選擇支持家鄉的教育工作，不如說他肩負更重要的使命，吳巧稚瞭然於心。慶幸的是他的家鄉近在咫尺，過一道溪流就能相見。

乾媽總是有意無意地窺測吳巧稚，說自己十五歲嫁人十七歲生孩子，現在的姑娘二十出頭了還杳嫁無期。要是自己的女兒在，也該操心她的婚嫁了。乾女兒明白傅姨的旁敲側擊，有時也會走神想心事，猛然醒悟后埃那年輕教師已闖進她心間。自從經歷了那個驚心動魄的夜晚，他倆已經站在同一條戰線上，不可能說散就散。偶爾她也會想起洪祖名，那是另一個類型的青年，對之不能說沒有深厚的感情，然而道不同不相為謀，只能屬於異姓兄妹，必須克制自己決不心猿意馬，接下去這一年需要集中精力完成文化課程，非常時期怎能沉迷兒女情長。

第十二章　邂逅琴島

一

三十年代的廈門，是一個掌權軍閥頻繁更疊、土匪強盜偶爾出沒的城市。據說很久很久以前，中原人稱南人為「蠻族」，閩南語「閩」、「蠻」同音，福建簡稱為「閩」。閩南民風慓悍，地方宗族勢力強大，鄉間時常發生大規模械鬥，更有日籍臺灣浪人狗仗人勢逞強鬥狠爭權奪利，並不是一個太平世界。有資料記載，民國二十二年（一九三三）人口十七萬的思明區一至九月份，共查緝土匪案七十二宗，盜竊案二百三十八宗，傷害案一百二十七宗，拐販案一百七十二宗，詐欺案五十宗，恐嚇案十七宗。

出身警察家庭的錢氏兄弟克紹箕裘，不從事文職而做武官，前後繼承父親錢漢生的生涯。大哥沒讀多少書，當時謀職不容易，在政府部門混一官半職，外面多吃多占，尚可以養家餬口。父親原以為時隔十載小兒子讀完中學，經商應該沒問題吧，老爹有的是人脈關係。豈料小子就是不給錢家長臉，照樣幹起警官這行。難怪同事嘲笑他們是「警察世家」。看似奉承實乃譏諷，老錢甚覺臉上無光。

錢光輝這小子長的普普通通，沒任何令人可以特別記住他的特徵。讀書時成績雖非名列前茅，但虎背狼腰矯健敏捷，靜若處子動若脫兔，沉思時氣定神閒，靈動起來如小豹子，跳高、跳遠、跨欄總是拿校際第一。他並不以當警務人員為恥或為榮，只是一份職業，規規矩矩地做事，寡言少語低調做人。

誰也想不到因為一次口角，小伙子與頂頭上司翻了臉辭職不幹了。他才不要老爹的人際關係，自個兒跑到鼓浪嶼來了。其時中日已經開戰，廈鼓的有錢人家南渡，普通人家搬遷內地，小伙子孤家寡人無所畏懼，單槍匹馬闖前線。

當時洋人工部局屬下的巡捕房約有警察一百五十多人，除了兩個洋鬼子頭目，八個印度錫克籍人，其他都是華人，包括十五名日藉臺灣人。人曰「好鐵不打釘，好男不當兵」，警察是廈門人瞧不起的「歹囝」[1]。錢光輝卻傻頭傻腦去當巡捕。廈門淪陷之前，本島及周邊地區的難民大批湧入鼓浪嶼，高峰時期島上人數曾高達十一萬，但社會秩序竟然不至混亂，也從未曾爆發瘟疫，居民同舟共濟，巡捕房維持治安不無功勞。鼓浪嶼成為戰時的「高級國際居住區」。

民國二十七年（一九三八）五月廈門淪陷，次年發生公共租界刺殺案，成為日寇出兵鼓浪嶼的借口。日軍向工部局提出新條件，要求重組工部局，局長兼巡捕長暨局內秘書必須為日本人或日藉臺灣人。此舉遭否決，日軍便威脅對鼓浪嶼租界居民斷絕生活來源，迫使居民不得不遷返廈門。日軍又指使日藉臺灣浪人橫行小島，遍布特務機關，公然綁架劫掠，令租界秩序紛亂不堪。老外惟有做出讓步，增副巡捕長一名由日人擔任，日本及日籍臺灣人從十五名增至二十五名。新增工部局警察部副總監福田繁一，系長崎縣北松浦郡中野村人，就讀上海東亞同文書院，精通中文，曾任職上海公共租界工部局警察部。

之前直接管理華人巡捕的是本地人張某，下屬都稱之張老大。無端端在老張與洋人之間多了名福田

[1] 歹囝，不務正業的浪蕩子弟。

長官，地頭蟲老大甚不服氣。張老大乃典型的「歹囝頭」，識不了幾句洋文，每次老外訓話只是點頭稱是，靠的是錢光輝機靈，記下老外長官的每句話，過後靜悄悄向老大翻譯。

而今福田手下識日文不懂英文，神氣不到哪，老大鄙夷不已，才不把他們放在眼裡。妙在這些人不曉錢光輝洋文了得，從未把貌不驚人的小子當一回事。老大一再交待手下華捕，他不當班小錢說了算；又當眾人面對小子說，替我看著他們，值班不准開小差。無形中錢光輝便成了小頭目。可是他從不給人小鞋穿，有人遲到早退也不打小報告，人家有事肯無償頂替，手下甚是服從。

做了幾年巡捕，方圓二平方公里的小島哪一條路、哪一家店、哪一個角落錢光輝不清楚？雞母山有幾棵白樺樹，內厝澳有幾條巷，三丘田泊多少隻舢舨，除了鹿礁路他不去（日本領事館所在），傳說那裡死的人多冤魂也多。工部局辦公地點在筆山路，夜間常替老大頂班，老大外面有相好的女人。本地姑娘崇洋媚外，看不上雖姓錢卻沒錢的窮小子，三一堂近在安海路，倒是他常去做禮拜的地方，看門的老頭尤其相熟，沒事泡茶化仙。

自從民國二十八年（一九三九）發生公共租界刺殺案，雖言疑團未解，勾結日寇的漢奸都提心吊膽。那年五月十一日，日軍正準備慶祝侵占廈門島一周年。當天上午十點左右，偽廈門治安維持會委員、偽廈門商會會長洪立勳帶著一名保鏢招搖過市，當時洪立勳陪同日本海軍司令參謀，兩人走到龍頭路大都會舞廳附近，躲在暗處的刺客向洪立勳發出一槍。漢奸應聲而倒卻不致命，刺客又迅速扣動扳機連開了幾槍，不僅洪當場斃命，連他身邊的日海軍司令部參謀也中彈負傷。緊隨洪的保鏢聽見槍響竟然撒腿跑得不見蹤影。

事隔僅僅半年有餘，一九四〇年一月八日傍晚，曾任漳州省立第二師範校長、時任偽廈門特別市參議員的漢奸黃蓮舫，在鼓浪嶼漳州路家門口被槍殺。日軍大怒勒令巡捕房務必迅速破案，福田繁一也想立功，但初來乍到不熟環境，只能唯唯諾諾。同年四月二十八日，日本駐廈門特務機關長田村豐藏在民國路被愛國志士擊斃。

早在民國二十七年（一九三八）十月八日中秋節晚上，日偽在中山公園舉行中秋慶祝會時，廈門「血魂團」成員朝主席臺上投擲二枚手榴彈，堂場炸死炸傷日偽十餘人。日軍認為必是廈門國民黨軍統特務所為，他們來無蹤去無影，奈何不得。

一九四〇年六月十五日，三位上海東亞同文書院老同學到鼓浪嶼訪問，福田繁一特地派張老大陪同他們觀光遊覽，然後福田陪他們吃午飯，交談租界和教育問題。太平洋戰爭（一九四一）爆發後鼓浪嶼的洋人成階下囚，福田升為總監，副總巡乃中村貞夫，這時的鼓浪嶼是日人天下。

那又怎樣呢？一九四二年一月八日晚，工部局副總巡中村貞夫被擊斃於鼓浪嶼康泰路。五個月後的六月十七日中午，位於深田路42號老《廈門日報》社址的日本興亞院庭前草地上，被人投擲兩枚手榴彈可惜未爆。同年七月一日晚，在中山公園舉行的偽「廈門特別市政府成立三周年」紀念大會上，手榴彈又來了，炸死炸傷日偽多名。

二

民國三十年（一九四一）。

姨媽雷秀花慶幸自己這輩子做對了一件事。幾十年來頌經念佛祈求菩薩保佑，不敢求來生只望今世老來有飯吃，否則並無一兒半女依靠誰養老。雖說主家對自己不錯，看在窮親戚份上，不致將老傭人趕出門，可一打起仗來人家都跑了，誰又顧得了誰？幸虧認下鳳兒這個乾女兒，迄今跟了自己十一年，比親生母女相處的日子還多。自從楊老爺離家，柴米油鹽醬醋早已用罄，自己掏腰包湊合著頂了一段日子，要不是鳳兒輟學去替人補習，該喝西北風了。假如盜賊看著這個大宅子，想來偷金銀財寶，那真是癡心妄想。整座宅子除了園子外面的花草樹木，就剩樓宇裡的家具，想找多個錢刮痧都難。

阿彌陀佛，感恩佛祖護佑！可惜閨女不拜佛，她讀番書信洋人的教，拜的是隔壁教堂的洋菩薩，讀的是鬼佬的聖經，連頸上的護身符也不同於唐人。你說洋菩薩靈還是佛祖靈呢？依我看各信一半也好，兩邊都保佑。正胡思亂想，忽聽見門鈴響，見倚門的是兩位二三十歲男人，把寡婦嚇了一大跳。思忖不會是鳳兒惹了什麼人，一大早來尋事？

只見斯文的那位四眼青年大概有三十了，西裝筆挺個兒高高皮膚白淨，看不像是壞人的樣子，笑容可掬地作揖問，雷媽，這裡是楊府吧？雷秀花甚為奇怪，我又不認識你，怎麼知我娘家姓。我是楊老爺生意上的合伙人，老爺去南洋由我打理龍頭大茶莊，一向以來我都在外面住，楊老爺叫我房子租約期滿搬過來。婦人見她手上揚著一封信，料不是白撞[1]。另一位黑黑實實眸子閃亮的二十來歲漢子，腳旁立著隻大皮箱，始終未出聲，惟有讓他們進門。

替兩位客人斟了茶，敢問先生貴姓。姨媽仍是怯怯的。在下免貴姓趙，趙自強。這一位是我表弟錢光輝，在巡捕房做事，客人笑嘻嘻的。趙、錢兩位先生且坐一坐，我家小姐睡的晚，待我去叫醒她。雷媽別急，還是等你家小姐醒來吧，這房子不錯，不介意我們參觀參觀吧。不客氣，請隨便。

---

1 白撞，為非作歹白吃白喝之意。

客人看院子的當兒，姨媽輕敲鳳兒的房門，世道亂任誰也不敢掩門而眠。鳳兒不情願地打開房門，說姨媽攪了鳳兒的好夢，我正與爹媽相聚呢。姨媽歉然道，家裡來了兩位客人，都是牛高馬大的男子漢，姨媽不曉怎樣做。好鳳兒快梳妝換衣服，免叫人等。

鳳兒聽了偏不急，讓他們等去吧。本姑娘染上洋人的習慣，早起不泡浴不痛快。鼓浪嶼吃用的水均靠船從廈門運過來。浸在缸中遐思冥想是一種享受，只要交得起水費，才不計較這些。本來可以快動作的她偏要慢條斯理，理它什麼客人，誰叫你們撞上本小姐心情不佳。

換上一襲白色晨袍，一頭烏絲如黑緞披肩，身上一絲兒茉莉花味，才踱到客廳，姨媽的咖啡立即送上來。哈，我聞到咖啡的香味，姨媽可以給我一杯嗎？一把男人的厚嗓音隨著上樓的腳步聲飄過來。鳳兒自顧自啜飲，循聲音不經意地抬起眼，撞上驚訝的眼神，那男人整個兒呆住了。天哪，美的不可方物的女子！是天上的仙子下凡，還是現實中的塵世佳人？我不會在夢中吧？趙自強讓自己定下神，相信香濃的咖啡刺擊鼻腔，不是做夢。然而他相信在哪兒見到這位姑娘，二十年前自己還是個青澀少年，有個影子驚鴻一瞥，曾經讓自己深深地震驚。

女傭跟了主人多年，懂得招待客人之道，送上兩杯咖啡。來客道聲謝姨媽，盡量在品嘗中讓自己冷靜。鳳兒腹誹，這家伙嘴真甜，誰是你親戚，竟稱起姨媽來了。趙自強取出楊老爺的親筆信，一筆流暢的英文，只在人名地名中寫中文，這是楊老闆的習慣。

「哦，失敬了，原來鳳兒不過是個寄居者，趙先生才是這裡真正的主人。」鳳兒讀了信方知楊家已將茶莊轉賣給來者，安海路楊宅整棟租予趙先生。不過楊老爺在買賣及租約中寫明，有兩名親戚尚需暫住舊居，租約順延至戰爭結束再議。

好吧，請你住楊老爺的主人房，我和姨媽暫時不動，謝謝啦。鳳兒轉向另一位男人瞟了一眼，他急忙自我介紹，在下錢光輝乃趙先生表弟，叫我阿輝好了。請輝哥將趙先生的行李搬過去吧，姨媽一向收拾的很乾淨。鳳兒決定不向姨媽明說，免得老人憂慮。姨媽，這位趙先生是楊老闆的好朋友，在龍頭打理茶莊，今起住過來了。趙先生是楊老闆的生意伙伴，你得當他老爺一樣伺候。姨媽唯唯諾諾稱是，趕快帶阿輝到主臥房去。

客廳突然冷清下來，餘下的兩人相對無言，氣氛有些尷尬。鄙人無意中給王小姐造成不便，實是愧咎於心，還請多見諒是盼，趙自強無話找話。豈敢豈敢，在下鳩佔鵲巢亦屬無奈，家鄉音訊全無頓失生計，還請不要對我姨媽提閣下與楊老闆買賣物業的細節，好讓老人家一如既往安生過日子，算是王巧鳳的不情之請，望能成全。一定一定，而今戰亂日子艱難，惟有同舟共濟方能渡過，趙自強急忙答應。趙先生能夠諒解，感謝不盡。還有一事，楊老爺桌上那些書我要搬過來代為保管，抱歉失陪了。鳳兒離座丟下新主人。

倚在陽臺上趙自強希望藉海風冷卻沸騰的血液。三十五歲的男人早已成家立業，兒女都有了。在江湖上打拼十八年，什麼美人沒見過？為什麼這個女子如此特別，令自己一見鍾情身不由己？尤如二十年前趙連達初見傅盈盈，父親的遺傳基因在作祟。他有一種奇怪的感覺，少女的眉目如此熟悉，神情如此親切，嘴上刻薄都是裝出來的。從她要求對姨媽封鎖消息，足見是位善良的女性。為什麼我好像認識她很久很久而非初識，一種難以描繪的情緒湧上心間。自己一向冷靜，感情上從來沒有這般奇特怪異。

趙自強對姨媽說，下午要出去料理店務，晚上恐怕回來晚。姨媽道，這就巧了，楊老爺一串鑰匙扔在客廳抽屜裡，我這就找來給你。女人上樓又下樓，畢恭畢敬遞過鑰匙，說趙先生不見外，日後就是一家人，有換洗衣服儘管丟下，我來洗滌。趙自強說，那就難為姨媽了。說完上班去了。

王巧鳳隨便吃了點麵包，想補睡個覺。睡前作了禱告，祈求無所不能的主保佑父母，相信他們在後方是平安的，希望不要為女兒擔心，女兒長大了，欠你們的恩情太多。咖啡是提神的飲品，鳳兒時常喝並不覺得，只是今天果然無法酣睡，索性隨手拿起楊老爺的一本書來翻。

老爺子真不簡單，除了精通英文，還熟讀三言二拍、浮生六記、紅樓、水滸、三國的。就說手中這本半文言文的《警世通言》，鳳兒看起來還真吃力，直想丟一邊去。然而細想，當今沒法升學，學問究竟不夠，沒有淵博的知識和平後怎麼謀識，勉為其難也得讀下去。戰爭會有結束的一天，不能太放縱自己。

三

霓紅燈閃爍下的一對對人兒相擁起舞，人們忘卻前線的連天炮火，多少愛國志士獻出血肉之軀，公共租界的男女卻紙醉金迷。吳啟新恨不能上戰場，恨這班亡國奴的涼血，更恨自己懦弱沒有定力，天天要上燈紅酒綠的舞場來。一向潔身自愛的青年竟受不住引誘，每夜來守他心目中的女神。

吳啟新沒有邀請小芳共舞的意思，自顧自到櫃檯灌了兩杯。此時走上來一位風度翩翩的男士，請問小姐可以賞臉陪我跳一支舞嗎？似乎為了刺激吳啟新，鳳兒陪新客人跳了一支又接一支，而這位客人就是她的房東趙自強。吳啟新回到先前的座位，遠遠見到鳳兒笑語盈盈，看似心花怒放，憤將一沓舞票丟到桌上，急步而去。

當兩人舞罷回來，趙自強笑哈哈說，你的朋友生氣了。明晚介紹我們認識，說不定大家可以成為好朋友呢。他明天不會來的，瞧他小器鬼的模樣。我打包票明天他一定會來，賭一賭怎樣？賭什麼，我一無所有。賭你輸了給我一個吻。哈，趁虛而入，還是君子嗎？那賭你陪我連跳上半場不理他。要得。於是趙自強放下身上所有的舞票，兩人連袂回去。趙家少爺三十五，大了鳳兒十七歲，倒也般配，人見一雙男女相諧而歸，或以為是一對熱戀情侶。

第二晚鳳兒很遠就瞧見吳啟新，立刻拖著趙自強下場子，兩人相擁而舞，跳完一場又一場。鳳兒當吳啟新透明，看都不看他，令吳少爺的頭髮幾乎都要一根根豎起來。中場休息，鳳兒故作親密地依偎著趙自強，吳啟新握緊拳頭怒目相向。女人喜愛男人為自己吃醋，既想欣賞一戲好戲，又恐引起爭端有些須不安，只見吳啟新果然衝上前，鳳兒正想開口喊「不要」，豈料兩個男人真的扭在一起，不過是久別重逢的那種擁抱。原來他們兩個是哥們兒！吳啟新或不知情而趙自強早就洞悉一切。費事理睬他們這些男人！

趙吳兩家雖是世交，但兒子們只是從父輩嘴裡了解對方的家人。趙自強大吳啟新九歲，平常並沒有見面的機會，僅在趙連達老爺往生那年於山城見過面，一晃竟已八年，當時的吳啟新十八歲乳臭未乾，趙自強雖有家室也才二十七歲，真如說書人的開場白，光陰似過隙白駒。可是人生何處不相逢！鳳兒不憤受趙自強欺騙，說今天該罰的是你趙公子。吳啟新見他倆偷偷笑雲裡霧裡。鳳兒說，總之要他埋單，咱找個地方聊去。非常時期，談話最安全的地方是在家中。三個人決定先去龍頭宵夜，再一起回安海路。

龍頭路上各式各樣的餐館鱗次櫛比，中式餐館挑著黃色綢子旗帘，在海風中呼拉拉地飄。日式料理掛著紅燈籠，穿和服的女人站在門口「阿里阿度」鞠躬送客。西餐廳冷冷清清，老外不是回國參戰就是成階下囚，早晚要關門大吉。趙自強說今天慶祝咱兄弟團聚，吃西餐怎樣？你當老闆有的是錢，我們當然想吃貴的，鳳兒才不客氣。三人各適其式，點了牛扒、羊架、鴨胸及薯泥等配菜，叫了支威士忌。

三人碰了杯。

吳啟新問：「大哥怎麼也到孤島來了，桐城生意不是做得好好的嗎？」

趙自強說：「後方不景氣，個個都勒緊褲帶，百姓無力消費生意難做。有位朋友看時勢不好要將生意盤了，我貪便宜接下來做。」

鳳兒嘛嘴道：「『貪』字『貧』字殼，還沒賺就先困進來了，值得嗎？」

「這你就不懂了，投資與投機不也是一字之差？做也死不做也死，顧忌不了那麼多。」趙自強以過來者身分分析。

吳志明感嘆大學畢業後就進銀行，尚未大展拳腳便給綁住了，而今也只有打份工過日子。鳳兒總結：今朝有酒今朝醉，哪來那麼多哀怨。

乾！杯子又碰在一起。

四

從海壇路轉永春路回去，鳳兒喝得多醉歪歪的，兩兄弟爭著扶持。吳啟新不止一次跟蹤到鳳兒的住處，雖然他早就企望有登堂入室的一日，可是女神從來顧左右而言他，決無邀請來訪的表示。趙大哥就不同了，一路七拐八彎左折右轉十分熟悉，好像回他自己的家，心裡是不甚得勁的。再走一小段路右轉即安海路，不遠處過了教堂就是楊家宅子。忽有個黑影從叉路口竄過，飛奔進三一堂後面的松林。鳳兒差點叫出聲，倒是趙自強迅捷一手攬其腰，一手捂其嘴，隨即後面有人追上來。

而今新增聘警官都要用日本人或日藉臺灣人，工部局成了日本仔的傀儡，巡捕房完全是在日偽統轄下維持治安。趕上來一個印捕兩個華捕，估計正在追捕嫌疑分子。只見來者拿著警棍氣喘如牛地爬上斜坡，站在永春路和安海路的十字路口，前面三一堂，再往前是楊府。打橫安海路，豎向永春路，何去何從頗費思量。

「恁看有人走過無？」滿臉絡腮鬍子的印巴巡捕用不純正的閩南語問。

「此地靜青青（死靜），恐怕鬼影多過人影。」吳啟新醉醺醺地答。

「什麼意思你，你說誰是鬼？」

「無啦，咱兄弟講這裡有番仔教堂番仔墓地，驚有鬼魂。」說純正閩南語的這個必是「二日本」臺灣人，這種人絕不能得罪，趙自強急中生智。

三個巡警咬了一輪耳朵，決定沿永春路向北搜索。

驚魂未定抵楊家，更叫吳啟新驚奇的是，趙自強從口袋裡掏出一大串鑰匙，親自打開院門。傻小子心下陣陣疑雲不是滋味，不知這個表面簡單的鳳兒還有多少自己不清楚的事。不情願地門上小木門時，一個人影從門邊屋角蹦出來，把大家再次嚇窒。表哥，是我，原來是錢光輝。深更半夜的神出鬼沒，搞啥把戲，趙自強嘟囔。鳳兒立即酒醒，小聲吩咐別開客廳的大燈，一行人躡手躡腳摸上樓，稍稍舒口氣，心才定下來。鳳兒煮了咖啡端出來，四人圍坐一團。

「阿輝，你這是唱的哪齣？」趙自強估計剛才巡捕追捕的正是表弟，以大哥的身分帶有責問口吻。

「沒事，我也是追查案子而來的，」阿輝為自己辯解。

「乾嘛那麼盡心為東洋人辦事，他們禍害咱中國人不夠？」趙自強質問。

「大哥你放心，我錢光輝站是中國人死為中國鬼，與日本仔勢不兩立。」

這說話的口吻恰恰印證了剛才被追的確是錢光輝。表哥一直不明白小表弟為何要幹巡捕這一行，借機罵起來。這裡誰不是中國人？蔣總統領導長期抗戰，咱沒必要雞蛋撞石頭。你看日臺浪人橫行霸道，島上遍設煙館賭場，特務機關綁架劫掠，一不小心被他們誣陷關進去，哥怎麼撈你出來？舅舅只有你和你哥兩個兒子，大表兄隨政府去了內地音訊不通，不曉還在人間否。你若有個萬一舅父母會怎樣？還是做好分內事，等待有條件才伺機而動。而今咱們四人都回不了鄉，生活仍需要繼續，兄弟間更應互相支持。

見吳啟新不出聲，趙自強知道小子爭風吃醋，說鳳兒以後你別太晚回家，我晚間在店裡做事，可以順便送你回來，姑娘家出入小心為要。當然吳兄弟要送也無不可，不過別把錢都扔到那「呷錢」[1]地方，盡量做些實際的事。吳啟新心想，你說這些話全是父兄的口氣，憑什麼把我們當小孩！他也不駁斥，說抱歉需要借用一下洗手間。鳳兒忙起身帶路，經過主臥房說，這裡以前是楊老闆夫妻住，現在是趙老闆住，裡面有洗手間。你也可以到樓下。不好意思，我有潔癖不喜歡與人共用。吳啟新見她紅著臉，慶幸好在他們只是共住一棟房子並非同居關係。

吳啟新邀錢光輝一道回龍頭。兩人沒什麼說的，路上無話。即將分手時吳啟新突然了悟什麼，輕輕貼阿輝耳根說，錢兄是做大事的人，有機會可願帶兄弟做些小買賣？有難同當、分甘共苦是為兄弟也。錢光輝不置可否，保持他一向的鶴立獨行和淡定從容。

---

1 呷錢，花冤枉錢。

Good night！

第二天鼓浪嶼街頭巷尾人們議論紛紛，吳啟新見同事交頭接耳的，不曉世界發生了什麼大事。戰時鼓浪嶼沒有自己出版的報紙，《華南新日報》必須等廈門的船運過來，今天的報紙來的特別遲。做新聞的人果然消息靈通，然而在日偽管制下的淪陷區何來新聞自由？細心的讀者只能在可有可無的版面，於極不顯眼的位置見到一條小消息：昨夜日人某某被襲，送博愛醫院搶救無效。

趙自強不愧是科班出身的商業人才，他怎麼可能不對分分鐘發生的戰事有所警覺，貿然接下人家丟棄的生意？鼓浪嶼是個他無時不想涉足之地，洞悉商機、人棄我取，正此時也。淪陷區的運輸無疑有所困難，但他參觀了楊老闆的貨倉之後，問題便迎刃而解。老楊經營的茶葉主要為雲南普洱茶。普洱茶乃經加工發酵壓制而成，暖胃降壓去肥膩越陳越香，且體積小容量大易儲存，即使不進新貨，老楊的存貨足夠賣五六年，之前人家是準備發去南洋的。而運輸方面，小表弟胸有成竹，說若有需要過海關有他打包票。

提起這個小表弟，是他舅母生了大表哥之後，相隔整整十年才出生的心肝寶貝。錢光輝雖非狀元才，卻也讀完洋中學。起初他想去當海員，無奈母親哭哭啼啼，說「行船跑馬三分命」，硬是要丈夫替小兒子謀了一個職位。可是不知什麼緣故與頂頭上司鬧翻了，據悉人家笑他靠父廕，小子氣憤不過辭職不幹了。可是桐油埕終究要裝桐油，轉個身到鼓浪嶼當差。當年能有一口流利英文的誰不去洋行當白領？錢光輝這臭小子肯當巡捕，馬上被工部局的老外聘用了，很快還升了職。母親替他相了親，他死活不答應，說還沒玩夠才不肯被家庭綁死。小子說的也是，大哥扔下一家子，還不是要靠父母支撐。而今看來，自己低估了表弟，瞧他那深邃的眼神、海納百川的心胸，比任何人更能承受風暴的襲擊，任憑驚濤駭浪的洗禮。

人各有志。

話是這麼說，作為表哥的趙自強心下另有看法，連單純的吳啟新和王巧鳳也看出了蹊蹺。燈紅酒綠之下的人或都帶著三分醉意，誰也不去撕開別人的面具。朋友加兄弟，親情加友誼，非常時期更需要彼此相依，同舟共濟。

第十三章 山城聚散

一

且說雷秀芬後來將剩餘的首飾賣出，適時地支援女兒讀完初中。兩夫妻想再辛苦也得掙更多錢，好讓鳳兒繼續完成學業。豈料王添裕本就身體羸弱，大半輩子奔波勞碌馬不停蹄，不幸染上咳血的毛病。廈門淪陷後完全聯絡不上女兒，病體加上憂慮，可謂雪上加霜。

打起仗來人們逃難都來不及哪顧得上看戲，接不到戲養不起一班人，王添裕把徒弟們叫到榻前，說對不起大家，咱這戲班就散了吧。師傅這身子也挨不了多久，我和師娘打算回安溪老家去，鄉下還有幾畝薄田耕作度餘生。雷秀芬取出身上銀錢，給各人發了路費，交待徒兒們將主要道具捆綁好，運回桐城王氏祖祠，希望將來打完仗，他們能將嘉禮戲傳承下去。兩人就此告別眾人，回安溪湖頭老家。

在湖頭看過一兩次醫生，買不到也買不起醫生說的貴藥盤尼西林，妻子只能煎中草藥吊住老公的小命。雷秀芬請族人幫忙耕種，收成僅夠餬口而已。王添裕病中無聊，有時興起會為村人來一場即興表演，戲戲猴子演演折子戲，或《鍾馗醉鬼》，或《劈山救母》，驅除戰爭時期令人消沉的頹靡之氣。族人感激送米送地瓜送鹹菜，直至老王歸西。

臨終前王添裕抓緊雷秀芬的手，說對不起賢妻追隨自己，卻從未過上一天好日子，一再交待愛妻一定要找個歸宿再嫁。雷秀芬嗚咽不已，說是前世欠你的，自己心甘情願與人無尤，你儘管放心。老王慨嘆，那鳳兒想必是我倆前世欠了她今生來還債的吧，說完闔眼長逝。雷秀芬葬了丈夫回羅東老家，從此在江湖上消失。

吳巧稚終於畢業了，白天到后垵小學教書，晚間回城裡住乾媽家。以前父親常來常往，打仗後母親病情加重，山城帳目全部交給巧稚處理，吳志明把時間用來陪伴妻子。吳志明太太很早就有輕微精神壓抑，自從廈門淪陷與兒子失去聯絡，郁郁不歡病情劇增。傅盈盈幾次勸乾女兒畢業後回桐城，說有沒有工作不成問題，主要可以照顧母親，只是姑娘甚有主見，仍留在山城放假才回去。

依傅姨看，吳巧稚留下來表面似墮落愛河之故，實際上年輕人有更重要的理由，究竟什麼緣故她也猜測不出來龍去脈。集美內遷的學子幾乎都完成學業走了，戰時不招新生，山城也隨之靜寂下來。晚間時有人來找吳巧稚，都是些年輕男女，乾女兒對姑媽說是同期畢業同學，他們在官橋、魁斗、參內、蓬萊等近郊教書。乾媽日頭做的辛苦，早些去休息吧，他們聊一會兒就走。說是近郊也要跑一段路程，傅姨不忍心總要親自下廚做一碗點心，傅姨又成了眾人的傅姨，她早已習以為常，把年輕人當成自己的子侄。

年底吳太太終因思子成癔不久人世。傅盈盈陪同哭腫雙眼的乾女兒，幾經周折回泉州。自廈門淪陷後，為防止日寇入侵，安溪到同安、南安及本縣內幾段公路奉命自毀。兩人一會兒坐轎，一會兒步行，一會兒乘車，趕往桐城見吳太太最後一面。山城生意清淡門可羅雀，掛上「東主有事　休息數日」的牌子，要阿祥關門歇了生意，一心負責看鋪子和宅子。

傅盈盈離開桐城十八載再次踏足，桃花依舊人面全非。眼見年已半百的吳志明憔悴不堪，兒子下落不明妻子去世，這個堅強的中年人還能支持下去嗎？傅盈盈頓湧悲憫之情，回顧自己一路走過來，全憑有這位兄弟，感激和憐愛油然而生。她決定一直陪著吳家將喪事辦完才回安溪。

吳家哀傷的日子裡，傅盈盈對吳志明的照顧勝過妻子對丈夫。女人未曾說過一句安慰的話，並非她冷酷而因為是過來人，明白對方需要安靜，需要時間療傷，多說只會令人厭煩。她也不當自身是女客迴避，而是默默陪伴在兄弟左右。吳志明需要毛巾，需要茶水，想要吃飯，想要洗澡，她全能猜中對方的心思，只要一個眼神，一個動作，即刻意會，隨時安排。

在冷靜下來的日子，傅盈盈借口要出去走走，其實她是猜中兄弟想出去散步的心思。兩人一起走出巷口，剛好來了一輛三輪車，當吳志明讓了女士先上之禮，傅盈盈知道已經可以放心了。

女人指示車夫去曲藝園，吳志明一下子猛然醒悟，這個女人足以征服男人，除了聰慧過人，還有真誠待人。傅盈盈主動挽了兄弟的臂膀踏入園子，吳總管打開自己的辦公室。見到上司蒞臨，下屬們奉上兩盞西湖龍井，青綠甘香提神醒腦，頓將多日來的愁思一拋而盡。

意想不到的是錢漢生輕敲木門而入。局長的肚子似乎沒以前那麼大，戰時少了油水吧，吳傅二人相視而笑打起腹語。吳爺終於出來見人了，我可是天天來等你啊！錢局長湊上來，夥計立馬上了一盞龍井。錢漢生瞧瞧門關好未，見傅盈盈有走開之意，慌忙搖手示意她安坐。兄弟，咱們家的兒子有消息啦。真的？吳志明立即追問。別急，讓我慢慢道來。錢局長硬是捧起一杯好茶，好整以暇地啜飲完畢才肯繼續。

於是局長說，小兒子叫人轉達，他與趙家表兄、吳家少爺在鼓浪嶼相遇，個個平安不必掛念，具體如何便不得而知了。平安至福，傅盈盈只說四個字。錢漢生仔細打量這個曾令男人心醉的女人，這麼些年自己頭頂上的地中海已經泛濫得無邊無際，她仍然那麼年輕漂亮，歲月對這個女郎尤其優待。看她與吳志明之間的默契，倒是般配的很，心下有些酸溜溜的。趙、錢、吳三家有過節也有感情，而今下一代人又走在一起，抽刀斷水水更流，真個剪不斷理還亂。

感謝錢局長告知兒子平安的消息，回家當即秉香告知其母，吳某在此謝了。吳志明以茶代酒表示敬意。國難當頭，你我皆立統一戰線，互相關照何須客氣。以前妹子不識大體有所得罪，祈望兩位多多包涵。錢局長告了辭。錢漢生之所以這麼說，是因為曲藝園打開生意門、客迎十六方，任何一個派系都可能在這裡開會聚首，不排除共產黨的地下工作者亦會在此處接頭。吳志明屬於哪一方只有他自個知道，老錢乃表白不出賣朋友之意。

傅盈盈見吳志明已正常上班，便準備回安溪，對乾女兒說，你留下來遲些再走。不料吳巧稚道，學校的事哪能耽誤？依我看，乾媽留下來比我更合適。這話怎講？你父正遭喪妻之痛，做女兒的怎能如此說，傅盈盈正色指責。難道我做女兒的不比乾媽了解父母？我媽患病多年，父親一直貼身照顧呵護有加。母親曾對我說，「你趙伯伯走了那麼多年，傅姨無兒無女孤苦零丁。娘知道當先你爹而走，希望傅姨願意照顧他，因而從未勸她另醮，這是我的私心。」乾媽，我爹那麼敬重你，不敢逾越君子之交，可你也不能不為自己著想，這是晚輩的肺腑之言。哥哥不能回來，他若在也一定會支持。

回程路上，傅盈盈一言未發。

二

傅姨一路顛簸才抵達山城，阿祥早已等的不耐煩，原來吉祥鎮有人來過，說趙老太爺已經幾天不吃不喝了，就等他們回去。傅盈盈慌張起來，怎麼事情都湊在一起了。第二日阿祥要陪老闆娘走，盈盈忙搖頭甩手，說小姐沒人陪不行，店鋪也不能關張太久。吳巧稚已一早趕著搭渡去學校。

清明來時老太爺是比往年瘦，但精神仍矍鑠。不料才過去半年，人已剩下皮包骨。傅盈盈問侄子們有找過大夫嗎？答曰：當年鎮上那位老中醫已過身，新坐鎮的大夫幾乎天天過來。不過老太爺不肯喝藥，說太長壽非福，是該走了。當媳婦終於出現時，老人家嘴角略動眼神中有一絲笑意。盈盈看他是不行了，握著老人瘦骨嶙峋的手，淚眼婆娑地告訴他，廈門淪陷少爺來不了，孫媳婦帶兩個小的不宜路上跋涉。老人闔眼表示明白。老太爺放心吧，我把婆婆帶去縣城住。老太爺回以帶笑意的目光。

當晚趙老太爺走了，後事皆已準備好，侄子擔幡買水，傅盈盈與趙家莊子侄輩都披麻帶孝，墓穴就在茶山兒子附近。辦完了喪事，婆婆卻不肯隨媳婦進城，說自從嫁入趙家莊五十五年，一直陪在丈夫旁邊，哪裡也不去。族人說老太爺明白她的心意，你不必勸了，讓老太太隨心所欲吧。第二天清晨傅盈盈獨上墓園，向老太爺再次跪拜，又到丈夫墓前喃喃細語，傾吐好一陣心事才離去。

阿祥是老實人，門戶看的緊，女人不在的日子收養了隻狗，取名叫旺財，人的膽子更壯了。乾媽不在的日子，吳巧稚指示阿祥開店做生意，傍晚回來幫手點算收支。有晚主僕關了店回宅子，阿祥伺候小姐吃過飯，見她入房批作業，突然狗兒吠了起來。阿祥打開門是個大塊頭後生，記起是小姐的同學，讓他進了大門入了廳堂，卻不放心去休息，通知了小姐就坐在大門口打盹。

吳巧稚已兩年多沒見老同學，撲上前拍打他胸口，又叫又跳的蠻開心。問吃過晚飯嗎？小子不回答，知道他是沒吃飯，忙問阿祥有啥吃的嗎？阿祥有點為難，老闆娘不在只是胡亂塞肚子，只有一大碗蕃薯絲剩飯。便熱了飯加幾條鹹蘿蔔，難堪地捧過來，還沖了壺茶。洪祖名一點不客氣，大口大口扒起來。吳巧稚怕他噎著，替他倒了茶，自己先啜飲起來。

小夥子吃飽喝足，大言不慚地問吳巧稚，想念我嗎？吳巧稚刮臉羞他，你以為你是誰，鬼才想念你！這麼久都幹些什麼去了。吳小姐真是富人不識窮滋味，鄙人讀的水產，在這山城能幹啥？為生計只好打零工到處跑，整個安溪無一個鄉村沒去過。吳巧稚心想誰信你的鬼話，問他做哪一行老闆是誰。小夥子說老闆做運輸與自己同姓。吳小姐心想果然與自己的想法一樣。

你呢？小子明知故問。做回本行教書幫家，能有什麼作為，師妹答後默然。謝君榮好嗎？你們為何不結婚，不會是在等我嗎？想的美，你算哪條蔥？吳巧稚嘴上罵著心裡也在搗鼓：你是值得我付託的人嗎？在洪祖名心裡，謝君榮不會是個簡單的教師，他必有強過自己的地方，才能吸引這位富家小姐。想想自己並沒有成家的念頭，居無定所三餐不繼，犯不上吃乾醋。

山城的冬天不算冷，但洪祖名穿的單薄到處跑，去了內山區肯定不夠衣服。趙伯伯雖有許多衣服留著，可他那麼大塊頭恐怕沒有合適的，只找到一條大圍巾一頂帽子，說學兄不嫌棄帶上吧。呵，學兄－如此生分，你不是一向叫我阿名嗎？今天我有個不情之請，需要向學妹借宿一晚，不曉吳小姐介意嗎？吳巧稚說介意啥，吩咐阿祥安排，說自己必須趕批作業，因為回桐城多日落下許多工作。洪祖名這才留意吳巧稚髮梢上的小白花，責備自己太粗心大意，一句問候也沒有就顧著吃，頗為難堪地道了晚安，說走了一天路，自己也得休息，明天一早就走，現在告辭明晨不用送。

吳巧稚只是託辭回房，批了一輪作業停下胡思亂想，顯然洪祖名是乾媽擔心的那類人，闖蕩江湖從事掉腦袋的營生。男人心海底針，料想他是不會安定下來的，幹大事的人不宜有家累。輾轉一夜未能成眠，天快亮才合上眼。早餐喝粥時阿祥告訴小姐，那位客人半夜出去過，要不是他喝住，旺財叫起來呢。回來睡死了呼嚕打的好響，天未亮就走了。小姐說知道了，你做的對，此事千萬別說出去，就當他沒來過。阿祥點了點頭。

就此別過，分道揚鑣。

謝君榮在三民主義的感召下，積極參與抗日救亡運動，加入三民主義青年團。三青團是蔣總統痛恨國民黨積重難返無可救藥，為復興國家而建立的，其時蔣公寄望三青團革新國民黨，甚至期望國共兩黨融為一體。謝君榮這個書生與許多年輕人一樣，懷有遠大抱負和熱情，而對政治不甚了了。

接受傅盈盈的邀請，吳志明到山城過春節。年輕人都搞他們的抗日工作去了，阿祥回吉祥鎮老家過年。兩個人靜悄悄地過了一個平靜的年。男人大膽地抓住女人的手，望著她明亮的眼睛，嫁給我好嗎？傅盈盈沒有點頭也沒有拒絕，一顆閃亮的戒子套上白皙的手指，從此傅姨既是趙家的媳婦，又是名正言順的吳太太。

吳巧稚為兩位過來人的結合深感欣慰，她向父母宣布自己的決定，將與謝君榮共結連理。國難時期不作鋪張，領了未婚夫來見未來岳父母，家人共聚一餐。謝君榮已是縣立小學校長，喜得東床快婿，吳志明對准女婿甚為滿意。傅盈盈要求他們搬過來住，兩人欣然答應。

此後吳志明經常來往泉州安溪。

民國三十一年（一九四二），吳巧稚初為人母，誕下兒子謝曙光。

雖沒能找回親生女兒，謝君榮吳巧稚皆視傅姨如生母，小曙光一出生便享受三世同堂。年輕人每天趕著上學，孩子便交予傅姨。除了粗重工夫由聘請的鄉鄰代勞，餵奶、換尿布、洗澡皆由傅盈盈親力親為。或許這是一種彌補，填充人生的某處空白，女人甘之如飴。每當她抱著嬰兒親吻，感覺吻在自己失去的女兒粉臉上，時時淚水盈眶，心上湧出無限幸福的感覺。

民國三十三年（一九四四）中國人民艱苦作絕的抗日戰爭進入第七個年頭。十月份蔣總統發表「告知識青年書」，號召十八至三十五歲知識青年入伍，「一寸山河一寸血、十萬青年十萬兵」的政治口號扣人心弦。謝君榮很想加入遠徵軍，卻因所屬組織沒有批准而放棄。

第十四章 重返桐城

一

民國三十四年（一九四五）八月十五日，蔣總統發表《抗戰勝利告全國軍民及全世界人士書》，中華大地重現曙光，八年抗戰結束了。

八月二十九日，駐廈日軍派海軍大佐松本為代表，由日本駐廈領事管書記林乃恭陪同，並帶六名隨員前往石碼受降。請降代表登上碼頭後，恭恭敬敬地手捧請降書，腰間指揮刀栓白布，邁著正步走進商會會所。此時，碼頭和沿街崗哨林立，萬人空巷百業皆停，四鄰鄉民湧入石碼鎮，人山人海，圍觀日軍請降情景。

下午三時三十分，日軍松本大佐雙手呈驗身分證明書，畢恭畢敬地呈上請降書，恭聆受降官嚴澤元的訓令。國民政府廈門警備區司令部副司令闕淵少將，當場宣讀第三戰區司令長官和福建省政府給廈門日軍最高指揮官原田清一中將的兩份備忘錄。由日軍請降代表松本大佐在備忘錄上簽字，完成日方請降儀式，歷時四十分鐘。隨後日方請降代表一行攜帶備忘錄循原路返回廈門。

此刻的鼓浪嶼，渡輪裡、碼頭上，公園內外及沿街數萬觀眾歡呼雀躍，「打倒日本帝國主義」的口號響徹雲霄。鑼鼓喧天、鞭炮齊鳴、群情沸騰。來往輪船鳴笛以示慶賀，災難深重的中國百姓揚眉吐氣了。今晚會是個不眠之夜。

志士八年洒熱血，全民一夜復山河。流離鼓浪嶼的桐城四兄妹歡聚一堂，今夜或許是最後一次相約，王巧鳳建議今晚四兄妹義結金蘭。她替各位倒了酒，說趙兄、吳兄、錢兄，感謝三位哥哥多年的照顧，小妹在此謝過。大家都乾吧，不醉無歸。鳳兒急於返故鄉與父母團聚，兩兄弟曾透過錢光輝給家裡傳過信息，他倆倒是不急。趙自強需要處理生意，必須遲走一步。吳啟新只能請假幾日，決定同鳳兒及姨媽一起走，說鳳妹的父母居無定所，有需要幫她尋找親人、居所和工作。

一支威士忌不覺已見底。趙自強有些醉意，說鳳兒你的學歷不夠怎麼找工作，我將龍頭茶莊的職位留給你，你隨時可以回來替我打理，有現成的鋪子、房子不必憂慮。吳啟新白了他一眼，也趁三分酒意發牢騷，說黃鼠狼給雞拜年沒安好心。你們煩不煩呀，兩位都是我的好哥哥，少說一句行不？鳳兒笑著拍了拍吳啟新的臉頰，隨手將他的半杯酒奪過來，倒進自己杯子一飲而盡。

灌下酒鳳兒話多了起來，她說，我總有一種不好的預感，假如父母不知所終，真不知道該住哪裡，未說完淚水已滾滾而落。承天巷的楊氏祖屋應該可以住，七歲入學起父母就把我寄住在那裡，找不到父母便無家可歸，說著禁不住飲泣。趙自強輕掃其背脊，柔聲說，不是告訴你可以回鼓浪嶼嗎，鑰匙你帶走，隨時可以過來。眼看吳啟新又要發起攻擊，錢光輝忙拖開他說，吳兄弟醉了，陪你回去吧。

趙自強埋了單，攬著鳳兒互相扶持，兩人跌跌撞撞踏上歸家小路，豈料鳳兒的身子愈來愈沉，之後全部依靠在他身上。通街都是歡騰的人群，人人推推搡搡，可誰也不介意。背負著鳳兒柔軟的身軀，聽見女孩迷糊中的嗚咽，趙家少爺深感她的痛苦和哀傷。望見三一堂大放光芒，整座建築物燈火通明，信徒們自動聚集一堂，高唱起聖詩，感恩祈禱，贊頌上帝的大能。步履艱難地來到家門口，趙自強將鳳兒安放臺階上，掏出鑰匙打開院門，再關門迤邐上樓。

開了鳳兒房間，將之放倒床上，搖搖她沉醉不醒。雖然僅一牆之隔，趙自強多少次輾轉反側，卻未敢逾越造次。此時彎腰替姑娘脫去鞋子，輕輕扶她靠上枕頭，忍不住偷偷吻了一下，少女的櫻桃小口噴出陣陣酒氣。昏黃燈光照耀下的女子如此令人不能自己，他為男人血液的沸騰而臉紅。吾乃君子。雖然我那麼愛她，可是我不能乘人之危，除非她心甘情願地愛上我。為什麼我對這個女孩有一種難言的感情，哪怕她選擇愛別人，我也總想著要保護她，不讓她受苦。換成別的女人，還需考慮這麼多嗎……

女孩穿著低領口連衣裙，胸前露出雪凝般的皮膚，當趙自強想伸手替女孩拉上被單時，整個人突然鎮住了。姑娘胸衣上的十字架墜子那麼眼熟，似乎在警告自己，不許你犯渾！這條銀練子竟是如此熟悉！他急忙摸摸自己的脖子，脫下項鍊將墜子拿到燈下仔細照看，跟了自己三十三年的洋護身符，爺爺說是上帝的恩物。對比鳳兒項上的，竟然一模一樣！是巧合還是另有謎題？難道這就是自己一直愛她而又不敢下手的警示？天哪，怎樣解開這個謎。趙自強挖空心思拼命追憶，無法確定那一年爺爺捧出的小盒子，是否裝著兩條相同的銀項鍊。假如確信是，又是為什麼？父親已經過世，只有去問爺爺。再一次吻吻鳳兒的腮幫子，替她蓋上薄被子，拉熄電燈關上門。

二

吳啟新、王巧鳳和姨媽終於擠上去泉州的輪船，船艙裡連站立的位置也沒有。還是趙自強老到，預計返鄉的人潮高峰不可能買到票，叫表弟錢光輝走了門路。票房小窗口前人頭湧湧，許多要買票的人根本進不了站，持有船票者可以直接從小舢舨轉駁輪船。

比他們早一天趙自強乘開往泉州的夜船，一抵桐城即轉搭一段車到南安，再一路設法當天抵達安溪縣城。父親病逝時趙自強攜妻兒來過山城，其時泉安公路是完好的。十二年後山城的環境變化不大，不同的只是人和事。《連贏茶莊》仍開張，門面已顯舊，櫃上年近不惑的老闆娘顯得富泰，笑容依然。當她放下算盤抬頭招待顧客時，驚訝的神情表示不敢置信。擁抱與自己同齡的「兒子」，如雨淚珠溼了他的前襟，說不出一句完整的話。「兒子」只聽見二娘那句：「活著真好！」

阿祥識趣地掛上「東主有事　休息半日」的牌子，三人關鋪子一起從後門回去。沖了香茗端上柿餅，阿祥趕緊買菜去。此時的傅盈盈剛冷靜下來，聽見少爺到泉州未返家看妻兒，第一時間先來山城找傅姨，明天要去老家看爺爺奶奶，淚花再次落下來，泣不成聲。少爺，老太爺去了，吳太太也去了……八年抗戰，前方犧牲多少將士，後方又死了多少人？唏噓之餘，感恩活著真好。歲月無情，去看奶奶更是義不容辭。

晚間的飯席加上吳家妹子一家三口，小曙光已經三歲，會叫舅舅了。妹夫謝君榮一表人才，思想先進，雖初見趙自強，但趙吳兩家世交早已瞭然於心，只是相見恨晚。謝君榮現於縣府教育部門任職，吳巧稚在縣立小學當校長，兩夫婦全身心投身山城教育事業。老哥商人一名，渾身銅臭，自嘆不如矣，趙少爺惟有自嘲。此言差矣，行行出狀元，趙兄十七歲繼承父業並加以擴展，實乃商界翹楚，小弟佩服不已！

當傅姨去廚房忙活時，吳巧稚悄悄告知父親與傅姨結婚之事，道是自己一手促成，祈求趙兄原諒。趙自強有些吃驚，對吳家兄妹不幸喪母表示哀悼，極力支持吳叔與傅姨的結合。自己身為趙家長子不能盡己任實在汗顏，還是妹子有擔當。坦白說亦曾為年輕的二娘著急，擔心她老來無所依傍，又恐怕她遇人不淑，一直難以啟齒。冥冥之中老天爺已作安排，若父親九泉下有靈，看到情深義重的吳叔能娶傅姨，或許是他最放心的美事。

次日凌晨傅姨親送趙自強出門。女人吞吞吐吐，昨晚反覆思量，想平生欠了趙家兩代老爺各一個說法。婆婆不習慣城市生活，死活不肯來與自己同住，這是欠趙家老太爺的一個說法。而欠趙老爺的那一個說法，始終沒有勇氣說出口。淚珠滿眶送走少爺，心神恍惚不已。

自從趙自強七歲進桐城讀書，僅在十年後父親出事那年到過安溪縣城，其時交通不便，未有回鄉看祖父母。再過十年父親往生，那年二十七歲首次回鄉。轉眼過去十二載跨入不惑之年，之前父親走了，之後祖父走了，此程若非心中有疑團未解，什麼時候才肯回來呢？身為趙家子孫，大不孝矣。趙自強在心裡自責，提著傅姨為自己準備的香燭供品，抵趙家莊已天黑，趕了兩天的路精疲力盡，喝了兩碗粥倒頭便睡。

翌日一早奔向茶山。人面全非，茶山依舊，這是子孫賴以生存的祖先家園。父親的墓園乾乾淨淨，傅姨年年清明都來，聽說每回都哭的肝腸寸斷。以傅姨的大氣量，她心裡一定有未解開的結，而只能向老爺訴說。點燃香燭冥紙，叩了三個響頭。爹，您有事瞞著我嗎？我是您的兒子，您就報個夢給我吧，讓兒子替您做未完成的事。中間位置的新坟是爺爺的。爺爺，孫子不孝，想問您事您卻走了，我多麼悔不當初，只曉得賺錢而忽略親情，請您原諒我吧。此時的趙自強淚流披面。父親教過，男子漢大丈夫有淚不輕彈，取下眼鏡抹乾，讓山風吹乾溼了的衣服，整理好才下山。

有侄子和他們下一代的照顧，奶奶不僅身體好，還有些返老還童。趙自強抱住祖母，說我是阿旺，奶奶記得嗎？阿旺，奶奶的心肝寶貝。阿旺，奶奶的心肝寶貝。老人不斷重複。給奶奶帶了后垵出名的柿餅，請奶奶吃吧。奶奶聽說有柿餅，搶了袋子，招全村的小孩分甘同味去了。趙自強辭別鄉親即日返縣城。

三

吳啟新三人回到泉州，僱了兩輛三輪車，先去承天巷。開門的是姨媽不相識的小伙子。雷秀花道明身分，說在這大宅子住了小半輩子。後生仔似信非信，讓他們進屋，帶到二進院，大聲喊爹。一位老者聞聲而至。雷秀花說，你不是大全哥嗎？老者驅前細瞧，啊，雷秀花！忙對年輕人說，快過來見你秀花嬸子。嬸子的老公生前是楊老爺的管家，他女人後來就接了老公的手，打仗前被老爺帶去廈門。謝天謝地，廈門淪陷你們仍平安。現在總算回來了，我們爺倆也有了交代，可以回羅溪鎮了。

姨媽甥女兩人打開自己住過的房間，桌上床上滿是灰塵，牆角有不少蜘蛛網，一陣霉味攻鼻，惟有慢慢收拾。吳啟新說自己家在古榕巷，轉兩個彎就到了，晚上再來看你們。吳兄前腳才走，王巧鳳後腳也想跟出，期望先去通政巷看看祖屋。豈料乾媽似乎看出鳳兒的心思，大聲說，這幾天哪兒也不許出去，不收拾好房子怎住？整座房子都需要清潔，鋪蓋全部拿出來曬太陽，要掃塵洗床單被子，不然你住旅館去。雷秀花說的有道理，自己總是當大小姐，把乾媽當佣人，太過份了。祖屋沒腳不會跑，爹媽大有可能在鄉間巡迴演出呢。

忙了三四天，吳啟新這家伙食言沒來過，等我先看自家祖屋再去找他，主意已定。沿承天巷朝西走，到了巷口轉向北，過了兩個巷口再轉向西，就是通政巷。從通政巷的東頭走到西頭，近巷口的24號便是王氏祖屋。鳳兒膽戰心驚地靠近房子，雖說是自己的家，卻沒有多少印象。只記得寄住承天巷那三年，每逢春節父母會回泉州過年，與父母相處的日子就喜歡看爹的戲猴，逗弄他檯上的木偶人，聽爹講鄉下的許多趣事。可是現在大門重鎖，鎖上已鏽跡斑斑。攀上牆邊小樹從小窗口望進去，地上有幾隻木頭箱子，那是嘉禮戲班演出的道具。爹媽一定久不演出了，否則不會丟下道具。

深深失望的姑娘需要朋友的安慰，這才覺得幾位哥們兒對自己的好，八年抗戰雖流離失所，多年友誼卻無可代替。比較三位公子，趙自強最老誠持重，無怨無悔地照顧鳳兒和乾媽多年，根本就當自己親妹子。趙兄對吳啟新的揄揶也從不反駁避嫌，分手之前那晚鳳兒喝醉酒出了洋相，難為他將自己扛了回去，並無趁機打女孩的壞主意。假如他非君子，自己豈不失身了。錢兄寡言少語深不可測，但絕對是條敢做敢當的好漢。鳳兒有時不經意碰上他窺視自己的眼神，對方立即垂下眼簾雙頰漲得通紅，看似無所羈絆淡泊名利的漢子，卻又是那般地瀟灑，如捕風逐月的劍客又不失俠骨柔腸，尤如一道遠山近水，清晨是含蓄的霧峰，夜間是深沉的星空。

吳兄嘴上是刻薄，卻對自己一往情深，那份癡情是不必質疑的。對，這就去找吳啟新，希望他家沒發生什麼事，否則不會丟下鳳兒不理。誰知呢，自己不是找不到家人嗎？一個轉身就是一生哪。古榕巷說遠不遠，說是隔三條巷，卻要從東竄向西，七拐八彎小半天才能到，隔著濠溝壕總不能跳過去？好不容易來到吳宅，開門的傭人說，老爺和少爺今天去郊外拜母坟。呵，對不起，他家果然發生大事，母親不在了。怪自己太心急莽撞，好在她父親不在，否則當笑話我一女孩子不自重摸上門。泉州人生活古派，自己在洋學校洋地方住慣了，人家會看不慣。

循原路回轉，滿腹心事滿懷惆悵，並不留意身邊的人和事。「鳳兒！」好熟悉的厚嗓音，原來是趙自強。趙兄不是留在鼓浪嶼麼？怎麼會在這裡撞上你？傻姑娘，我家就在這裡啊，辦完事趕回來看家人嘛。趙自強是曾說過家住通政巷，可是鳳兒從來沒記住。見趙兒站在門口臺階上，臉色青白似乎比早些天瘦了一圈，卻難掩見到鳳兒的驚喜。這裡是你家啊？怎麼咱就住在近鄰呢？鳳兒問。是嗎？你家在哪？趙自強急於知道。鳳兒也不多說，招手叫他跟上來。原來趙府斜對面那座沒人住的古屋，是王巧鳳的家！

緊鎖的門戶久無人跡，趙自強與鳳兒一樣難過。一個爺爺走了，一個母親歿了，一個無家可歸。鳳兒說，趙大哥能幫我找份工作嗎，雖然承天巷那裡暫時可住，但是還得吃飯。好，我馬上替你打聽一下，先不計較騎牛找馬，再慢慢找份好的。一路說著陪她走到承天巷大門口才回去。

因慈母的去世吳啟新大受打擊，原想給母親一個驚喜，帶漂亮的女朋友來見父母，讓他們衷心贊美兒子多有眼光，看上這麼好的姑娘，有機會喝上一杯新婦茶。想不到母親匆匆走了，父親又娶了新媽，雖然繼母是自己崇敬的傅姨，但畢竟不是生母。小子連續幾晚喝的醉醺醺，臥倒沙發不願醒。今天老爺子發脾氣，逼著兒子去梳洗，說是不是不願意去拜祭母親，他這才動身。一路上兒子一句話也不說，到了墓園長跪不起，好像受了多大委屈。

回到家傭人報說趙家少爺來了一會，估計老爺少爺就快到，在客廳喝茶等著呢。吳志明彷彿來了救星，高興極了，吩咐下人備酒飯，咱爺們喝兩杯。趙自強先敬吳志明，說已經回鄉看過傅姨、奶奶和巧稚妹一家，爺爺去的安詳，奶奶生活得很好。感謝吳叔叔幾十年來肝膽相照、患難與共，能與傅姨共結連理，是自己和巧稚妹最想見到的結局。趙家欠傅姨太多，有吳叔叔的呵護，父親九泉之下當感激您。

趙自強的肺腑之言令吳啟新無地自容。連妹妹都比她哥聰明，豬頭啊，吳啟新！話鋒一轉談到鳳兒，說其父母不知去向，需要替她謀一份工作，再幫忙尋找親人。吳志明問鳳兒是誰。我倆和錢光輝的誼妹。還是讓啟新今晚仔細向你父作介紹吧。我從鄉下帶了今年的秋茶來，請叔叔品茗，告辭了。其實趙家少爺是差不多累倒了，需要回去睡覺。

兩父子藉品茶重修舊好。說吧，你那什麼鳳兒妹妹。兒子就簡單敘述王巧鳳寄讀鼓浪嶼毓德女中，與他們哥仨是好朋友。姑娘回來找抗戰期間失去聯繫的父母，暫住在承天巷親戚家。其中有意略去鳳兒的出身，只提及她沒念完中學就打仗，做個女文員應該可以勝任。父親點點頭，問她曲藝園的女招待員肯屈就嗎？考慮好明天叫她直接去找我。你也該回去上班了。

父親才轉身兒子立馬離家，跑步般朝承天巷去。王巧鳳正罵吳啟新不夠朋友，門環就響了，迫不及待出來開門，果然是他小子。哼，你還記得我啊？我這不就來報告好消息嗎。我爹問你，曲藝園的女招待員肯屈就麼？真的？鳳兒一聽工作有眉目，摟著他的頸撒嬌，把小子樂的暈頭轉向。明天上午等人來帶你去見工，一言為定。

吳家少爺身子一轉即返回通政巷，正猶豫不決是否舉手敲趙家門，恰好大門自動打開，走出來一個中年人。此人見到來者說，哈，這不是吳少爺嗎？久違了！今時今日的阿福已入中年，不再是小跟班，乃趙府管家。自強哥在家嗎？吳啟新是不想見錢氏。阿福豈能不明白，點了點頭。麻煩福哥請他出來，我在巷口等。吳啟新才踱到西巷口，趙自強就來了。吳啟新請他明天帶鳳兒去曲藝園試工，因為自己假期已滿需要趕回廈門，想想還是大哥你陪她去最合適。

第十五章　藝園雅室

一

民國三十五（一九四六）年。

自從吳志明升任曲藝園總管大有改革，因而打仗期間也能吸引來賓，生意甚是紅火。在他的極力建議下，老闆修建了一座兩層高小洋樓，裝潢清幽雅致，樓下闢為彈子房、講古場、南音票友室，樓上則是酒吧、咖啡屋和茶道室。採用特別良好的隔音牆，各色人等借此清靜場所，一邊喝咖啡或品茗，一邊談論他們的公事或私事。總管明令規定屬下，不可窺視或竊聽客人的隱私。有時候他本人還為客人開方便之門走職工通道離去。

王巧鳳一早起來，左思右想不曉該作如何打扮，最後決定穿旗袍。挑了件最素淨的，令整個人顯得成熟些。想想沒有什麼首飾，靈機一動，院子裡茉莉花一夜香，就手摘下些含苞待放的，一朵朵穿到頭箍上，綰住一頭秀髮，腳穿淡黃色坡跟鞋，對鏡左右顧盼，覺得甚滿意。第一天試工，上司又是吳啟新的老爺子，心情難免忐忑。

十時許終於有人拍門，打開門豁然見到一輛三輪車停於臺階下，旁邊是西裝筆挺的趙自強。來者做了個請的手勢，伸手予女郎，待她坐穩了自己才上車。鳳兒微笑的眼神帶著詢問。趙少爺說，吳弟趕回廈門上班去了，桐城的事還是我熟悉。兩人無話。鳳兒這才有心情觀察老城，看起來與離開時沒多大變化，戰爭時期不受破壞已經值得慶幸。想到父母下落不明，心中仍是抑鬱。

才到巷口就下車。趙自強挽著鳳兒，一路走來一路介紹曲藝園的歷史，述說父親和吳叔在此義結金蘭的往事。後來父親受重創，自己十七歲就接下生意，吳叔自始至終扶助趙家。說著說著就到了。只見工作人員都在準備開工，各自忙碌。一個後生仔見到他倆，說鄙人許少鋒，總管在辦公室等著兩位呢。

輕敲木門。進來，是吳志明的聲音。趙自強打開門，讓王巧鳳先進入，自己再隨手關上門。鳳兒怯怯地道了聲：吳爺您好，我叫王巧鳳。吳總管坐在大班椅上，打量侄兒和兒子口中的誼妹，嗓音如黃鶯美妙，水靈如天女下凡，心下頗為讚賞。我這裡的夥計都是些粗人，樓上雅室建了好久，尚未有一位懂茶道、烹咖啡的巧手，偶爾來了尊貴的客人，還得有文化人陪他們說說話，我想讓你試試，相信姑娘能夠勝任的。鳳兒點了點頭說，謝謝吳爺。自強你帶她去找許助理，讓她上樓去看看。

依娛樂場所來說，時間尚早，樓上樓下都靜靜的。許少鋒領頭上了樓，指著第一間說是酒吧，夜間才營業。小伙子打開第二間上鎖的房門，裡面不算大。沿左牆一圈沙發，沙發前有小玻璃茶几。右面靠牆壁櫥擺放一瓶瓶不同產地的咖啡豆。壁櫥前面小櫃檯上有手搖磨豆機、電插咖啡壺、濾紙筒，量杯等，一隻大盤盛著瓷咖啡杯、瓷碟和小匙子。接著打開第三間房，一看就知道是茶道室，不同的僅是咖啡屋布置西化，茶道室古色古香而已。許助理從一大串鑰匙裡退下兩個房間的門匙，說這就交給王小姐了，你先熟悉一下，不必緊張慢慢來，特別的客人才會來這兩處消遣。

趙自強傻了眼，平時只懂喝咖啡，豈料煮咖啡這麼煩瑣。鳳兒卻說沒什麼，她擔心的是茶道，瞧那一大堆玩藝兒，簡直無從下手。擔心什麼，你哥我是幹哪行的，豈有賣茶葉的不懂茶道。我這就馬上教你，開不開竅就看你個人。至於充當文化人，須充實自身的文化素養，誰也幫不了誰。

於是《連達茶莊》老闆擺起龍門陣，將沖茶的十幾道程序作了現場表演。從最初的淨手欣賞器具、欣賞乾茶、燙杯溫壺、馬龍入宮，到洗茶沖泡，特別提醒「鳳凰三點頭」，然後春風拂面、封壺、分杯、玉液回壺、分壺，最後才是奉茶、聞香、品茗。鳳兒接著試了多次，不合格處師傅當場指正，算是掌握了三兩道板斧。收起茶具，兩人試煮咖啡，主要控制咖啡和水的分量。

為了省錢鳳兒走路上班，隨身帶本書，空閒時可以學習中文，以便有需要時應付。頭兩天沒有客，姑娘到中山路書店買了些東西，茶道房掛上兩幅中堂，咖啡屋鑲上幾幅西洋畫。又買了紅砂糖和幾隻小瓷罐小匙羹，放在小桌上好讓客人自己下糖。咖啡屋和茶道房抹的一塵不染，所有茶具杯盤都清洗潔淨，白毛巾雪白乾爽，大水瓶換上親手從井裡打上來的水。然後靜心坐下讀書。

曲藝園的老闆僅在年底來一次巡視，王巧鳳才來三天就撞上了。這一日鳳兒剛用乾布抹乾淨旋枝桌凳，水瓶換過水，聽見上樓梯的腳步聲。酒吧晚間才開有他人負責，她明白有客到，卻想不到吳爺親自帶一位老人家上來。王巧鳳恭敬地鞠了躬。鳳姑娘，廖老爺想欣賞你的茶藝，來一壺鐵觀音吧。

鳳兒從容地請兩位坐到小桌前來，請他們欣賞一整套宜興茶具，隨手按下水壺的插頭。玉手從茶罐中取出一定量的茶米，置於賞茶碟中讓客人鑒賞。水很快滾了，燙杯溫壺清潔茶具，將茶碟中的茶葉倒入宜興茶壺，沖入沸水又迅速倒出，倒出的頭遍茶再次洗杯溫熱。這些都只是前驟，接著才是關鍵：加沸水沖泡並非一次過將沸水倒滿壺；而須壺嘴「點頭」三次以示向客人致敬；水要高出壺口，用壺蓋拂去茶末和浮面的茶葉，然後蓋上壺蓋。最後才是分杯、回壺、分壺、奉茶、聞香、品茗。鳳兒做了個請的動作，微笑著雙手疊搭腹前，行了四十五度鞠躬禮。

上司和老闆既品嚐到好茶，又欣賞了美人精彩的表演，自是讚不絕口。王巧鳳總算有了份正式工作。

二

趙自強趁鳳兒上班未歸找了雷秀花，隨手帶了包桂花糕。姨媽見是趙老闆，開心不已，陪著天南地北地聊。趙自強說，王氏祠堂久未有人住，你妹子會去哪呢？雷秀花道，有啥地方去？一是安溪湖頭王氏夫家，一是我們羅東鎮娘家。王添裕嘉禮班以前頗出名，諒是打仗沒人看戲散班了，多是回老家去了。趙自強答有道理，我找人打聽一下，叫鳳兒別著急，先安心工作吧。

回家後寫了一封信給謝君榮，請妹夫幫助打聽嘉禮藝人王添裕，老家安溪湖頭。一個月後謝君榮回復，王氏族人證實王添裕多年前已病逝，葬在湖頭老家，死後其妻雷秀芬即回羅東娘家。

要不要將王添裕的死訊告訴鳳兒呢？不如等探實了雷秀芬的消息再說吧。趙自強回桐城後甚覺茶葉生意蕭條，門市零售慘澹。和平後富裕了摘桃派，百姓的日子並無多大改善。茶莊養幾個人可以，前景就談不上了。自從被困廈門，舅舅立即裁了店裡兩個夥計，辭了車夫阿強，只剩下經理和帳房，另僱一雜工，家中支出亦收緊，阿福店家兩頭跑。

正躊躇間，夥計報稱有客找趙老闆，進來的竟然是楊思源。兩個老朋友熱烈擁抱，經歷過戰爭有如生離死別再重逢，趙自強叫了兩輛三輪車，吩咐車夫去曲藝園。

遊覽藝園一圈，楊老闆甚是贊賞，說早聞桐城曲藝園久負盛名，雖不同於濱城之洋氣，卻別有古色古香之韻味。一向惜無機會親臨，今天託兄弟的福，真不枉此行。趙自強又帶楊思源入小樓，竟直上二樓進咖啡屋。只見一位絕色美女飛撲過來，老楊尚未明白怎麼回事，姑娘吊著他的頸項大叫「楊叔叔！」呵，鳳兒這麼高了，真是女大十八變哪！讓叔叔仔細瞧瞧，長的真漂亮。還好當年沒有趕你出門，否則這世界便少了一個美人兒。

叔叔請坐，鳳兒拖著楊思源的手臂，讓他安坐沙發，給他塞了本雜誌，自去煮咖啡。可是老楊對雜誌報刊沒有興趣，就是喜歡笑瞇瞇地看美女的每一個動作。上了咖啡，鳳兒道聲兩位請便，隔壁茶室有客，恕不奉陪了。

楊兄幾時回國？趙自強才開口，楊思源便滔滔不絕，說太太想念家鄉，逼著他回來，現暫住娘家。戰後經濟有所復甦，自己也想找點什麼做。房子你可以不租，鋪子你能出賣嗎？她想在鼓浪嶼住下去，沒有一家鋪子給她們母女生活，就是她肯放過我，我還不安生呢。如果楊兄想要回茶莊，小弟願意奉還。不過小弟想請教楊兄，南洋可有什麼合適的生意，小弟想將出售茶莊的資本投出去。既然趙老弟有意將目光放遠，老兄便厚著臉皮收回茶莊。等鄙人回鄉祭祖，到廈門安頓好妻女，咱倆連袂走一趟南洋如何？需要幾個月時間，兄弟得安排好。沒問題，這八年抗戰還消磨的不夠久嗎，沒有安排不了的事。

楊兄老家羅溪？趙自強略停一會轉了話題。楊家祖藉羅溪與羅東相距不遠。有一事煩勞楊兄，打聽一名叫雷秀芬的女人，也就是雷姨媽的堂妹，她男人王添裕是個嘉禮藝人，戰時在安溪湖頭過了身。趙自強告訴楊老闆，他們是鳳兒的父母，而今父親死了母親不知去向，尚未敢告知其父的死訊。恰好楊兄回鄉請幫忙打聽一下，兄弟不勝感謝。好，後天黃昏你我此處再會。

下樓撞到吳志明，趙自強替兩人作了介紹，楊思源豎起大拇指，稱讚曲藝園不僅環境優美，咖啡和招待更是一流水準。吳總連忙道過譽了，請慢走。

楊思源走後趙自強下了闖南洋的決心，連日來清點帳目和貨倉，查核銀行的流動資金，辦理出國護照。錢氏自從二十多年前被丈夫「休」了，不復舊日氣焰。劉嫂也老了，錢氏曾想趕她走，被兒子媳婦留下。見兒媳婦比自己能幹，錢氏也就百事不理，拜佛念經過日子。媳婦知書識禮，兒女均已升讀中學。丈夫告訴妻子自己即將南下，叮囑不要聲張看好家。

兩天後趙自強先楊思源到，上二樓茶道室品茗。他對鳳兒說別忙住，待會楊老闆就到。等下我們兩人的話你得聽仔細，不要發問。鳳兒說知道了，哥不交待我才不能聽呢。果然楊思源徑直上樓，見咖啡屋沒人，踱到茶道室來了。

鳳兒若無其事地泡起茶來，楊思源見鳳兒在似乎不好開口。趙自強明白對方擔心當著鳳兒有所不便，鼓勵他照說。不怕，要來的自然會來，楊兄直說無妨。楊思源吞吞吐吐一陣，說戰時沒生意王添裕解散戲班，兩夫妻回安溪湖頭老家，王添裕因肺病死了，雷秀芬葬了老公回羅東再嫁，年紀太大生頭胎，難產而死。此時鳳兒的茶道才做到前奏的兩小段，驚的差點被洗茶水燙了自己。

趙自強馬上反駁：「怎麼會是頭胎，人家有個閨女，算起來二十幾了。」

「No，No，從沒有人見過她大肚子。她娘家人說，王添裕有病不能生育。他們夫妻確實揀了一個女嬰，小時曾帶著四處巡迴演出，王添裕疼的不得了，總是對雷秀芬說收養她是前世欠的。雷秀芬回娘家遭哥嫂嫌棄，惟有再嫁，並沒對男家說養女的事，她哥曾交代過族人不要提。這些話是王師傅兩個徒弟親口證實的。」老楊邊說邊豎起三隻手指表示人家起過誓。

鳳兒忘了茶須馬上倒出不能浸泡，整個人僵住搖搖欲墜，趙自強衝過去抱住她，扶坐於沙發。OMG！可憐的女孩！楊思源驚呼。

鳳兒發了一會兒呆，把兩人嚇壞了。幸虧後來「哇」一聲哭出來，淚水滾滾而落，兩個大男人才舒了口氣。楊老闆說，我得馬上回廈門，待咱倆把鋪子的事辦了，便訂購一週後的船票如何？好的，兄弟將這邊的事交待妥當即去廈門，咱們盡速出發。趙自強續了茶，說茶水已涼了走了味，馬馬虎虎喝過，楊老闆便告辭。

趙自強說，鳳兒，有些事是上帝安排的，由不得你我。明天哥陪你去安溪拜祭你養父，需要足三天時間。哥準備與楊老闆去一趟南洋，瞧這時勢該走出去發展。一直等到晚間下班，趙自強對吳叔說鳳兒不舒服，需要休息幾日。然後陪她回家。

乾媽已從老爺口裡知道鳳兒養父母的事，便對乾女兒說起當年堂妹來求救，我心下也私疑孩子不是她親生的，剛生下孩子的女人怎會是一副細瘦的腰身。而且他們完全沒有生孩子的準備，小衣物全是楊家的。乾媽勸慰說，你雖不是他們親生，但兩夫妻為你四處奔波，節衣縮食，掙的錢不足，兩次送上大數目的款子給你交學費，估計是賣了首飾。鳳兒哭得更傷心了。

三

頭天一早趙自強叫了三輪車到承天巷，兩人先搭車去南安，後面一段路程坐轎，然後不是換車就是乘轎，抵縣城已夜深到客棧過了一宿。第二日一早發現縣城到湖頭的公路也早遭破壞，惟有乘轎子。此時鳳兒放眼到處望，見到有個婦人挑著一擔鮮花經街口而過，急上前欲購買。那農婦道是某府上訂的不賣。鳳兒低聲下氣懇求出讓一扎不論價錢，訴說著遠道而來只為拜祭亡父，見對方有些猶豫，幾乎用哀求的口吻。農婦憐恤少女一番孝心竟然應允。兩人在湖頭下轎找到香燭鋪，買了一副最大號的白蠟燭。依照王添裕徒弟指示的地址，找到王氏族人尋到墓地。鳳兒跪拜泣不成聲。

為了趕回縣城吩咐轎夫等待回程，當兩人回到縣城南街時，《連贏茶莊》的阿祥正在下門板。本來鳳兒就不想住親戚家，主張仍然下榻旅館，然而趙自強怕家人知道了責怪，屆時有口難辯。「你不嫌那旅社骯髒我還怕呢，昨晚我發現好像有虱子渾身癢癢，你怕不怕？」

傅姨見到趙家少爺帶著一年輕女子來到，驚訝之情溢於言表。看他們蓬頭垢面一身塵土，叫趕快回家梳洗，其他慢慢再說。

當洗浴過的王巧鳳站在老闆娘的面前，傅盈盈的身子突然戰慄起來，她仿佛看見二十四年前的自己。那時候的傅盈盈更年輕，剛從溪裡洗澡上岸換過衣服，黑緞般的長髮輕輕一甩，溼漉漉地搭在象牙塔般的頸項上，風吹麻布衫身影裊裊，見人抬頭慵懶一笑，粉頰上的梨渦深陷，劉海掩映著會說話的大眼睛，令趙連達不能自己。今天這個姑娘多麼面熟，她的美貌，她的風姿，從骨子裡滲透出的嫵媚，哪一個男人不心動？難道趙家少爺像他爹當年一樣被迷住了？我作孽亂了老爺的心，可不能讓她亂了少爺的心！

飯桌上的人都沒說話，啞然面對沉魚落雁、閉花羞月的女客人，似乎有所猜忌不好啟齒。趙自強先感謝妹夫百忙中調查王添裕的信息，然後介紹身邊女子，說這位就是王添裕的女兒王巧鳳。廈門淪陷時她才十五歲，相識至今已經好多年了，趙、吳、錢三兄弟皆與之情同親兄妹，大家叫她鳳兒得了。鳳妹在泉州曲藝園做事，我今天特地陪她來湖頭拜祭其亡父。明天我們得趕回去，她要上班我要去廈門。

謝君榮乃識大體之人，一再替客人布菜，天南地北沒話找話說，趙自強逗吳巧稚的兒子謝曙光，一餐飯才勉強用完。這下子趙自強也看出人們對鳳兒的介懷，一再琢磨不明白為何如此。傅姨讓出自己的臥室，姑娘也不客氣謙讓，進屋倒頭便睡，因為她已經累得站著都可以打盹。

傅盈盈覺得身為長輩有責任提醒少爺，趙自強費盡心機猜了好一會才明瞭二娘的意思。

「傅姨是怕我娶鳳兒作小妾嗎？我可沒我爹那種福氣。我說她是我妹妹，妹—妹，你懂嗎？你當年為什麼不給我生個妹妹？」小子的譏諷令傅姨又羞又惱，忍著淚一邊哭去了。

第三日回程鳳兒一言不發。她體會了趙家親戚對自己的排斥，這個家有吳啟新的繼母和妹妹，可以估量出吳志明同樣對鳳兒介意。古板的桐城人哪，此時已經把我歸入「壞女人」一類，看到美女就當看到毒蛇般恐懼。假如吳爺知道我過去的職業，還不把他嚇死？假如得知我的養父母是傀儡戲藝人，能般配他高貴的家世嗎？假如還知悉我被親生父母遺棄，一定會把我當成災星。就算他們的親友肯接納我，已經是紆尊降貴了。笑話，我王巧鳳才不希罕別人憐憫，只會活得更好。

鳳兒回去繼續她的工作，她只是打一份工，只要做好份內事，才不刻意去迎合誰。趙自強在廈門辦完該辦的事，順便詢問老楊，鳳兒仍住楊府老家是否合適。楊思源說有什麼不合適，那麼大宅子，雷秀花一個人住也害怕。說起來，這姑娘與我楊家有緣份，無論在桐城或者在濱城，她一直住我的房子。聽她乾媽說，連背帶和小衣服都是我家孩子們褪下的呢。

趙自強放下心來，開始他的南行之旅。

第十六章 愚人得利

一

吳啟新一個月至少回家一次。父親看出兒子的心被那美女牽扯著，真是恨鐵不成鋼。男大當婚女大當嫁本也正常，何況一對美女帥哥如此般配。本來吳志明期望未來媳婦非大家閨秀也得有相當文化水平，王巧鳳雖也一肚子洋墨水，但畢竟才初中畢業。姑娘的美是有目共睹無可厚非的，美中不足乃家世離奇孑然一身，且於洋人區長大，恐怕其作風與古派的桐城人格格不入。更加不可思議的是，女孩予自己一種特別的感覺，說不清道不明。兒子愛她是顯而易見的，還是再觀察一段時間，調查清楚少女的背景為妙。幸虧將之安排在自己的眼皮底下，莽撞兒子的一舉一動完全瞭如指掌。

年輕人回家沒事幹，每天逛到藝園「上班」，大部分時間打彈子，時不時摸上二樓看鳳兒，喝杯咖啡或茶。王巧鳳說二流子不務正業，還影響別人。你說我有啥做？吳啟新耍賴皮。看書鑽研業務搏升級嘛，鳳兒說。我每天下班後孤家寡人，還不是燈下苦讀。哥好不容易回來一趟還叫讀書，你這做妹妹的不太殘忍嗎？總之你不上進不努力遊手好閒就不對，男子漢要做大事建大業。鳳兒一本正經。我才不要做什麼大事建什麼大業，我只要娶一個好老婆，她願意陪我粗茶淡飯，兩人過小日子就心滿意足了。當然還要生幾個小人兒。聽後面這句補充，鳳兒忍俊不禁，撲赤一聲笑出來。

唔唔，誰在假咳。鳳兒抬頭見到吳爺，臉刷地紅了。吳公子我警告你，不要影響我的員工工作，老子來個下馬威。吳總，我是上來消費的客人，請問這杯咖啡收多少錢？小子也不客氣。還是鳳兒機靈，笑盈盈地說，是隔壁來了客人吧，我這就過去。姑娘不卑不亢地離開，扔下他們父子倆去鬥。吳啟新將手上的雜誌用力一擲，憤然離去。

以往吳少爺騎自行車載鳳兒返承天巷，然後再回自己的家。今天無端被父親責罵，一肚子寃屈無處訴。時間太早，經過通政巷趙府，想找趙自強聊聊，才想起他遠行去了。垂頭喪氣抵家洗了澡，關起房門蒙頭睡又睡不著。傭人福陞敲過幾次門請他，說老爺回來了，少爺出來吃飯吧。不吃！不吃！吳少爺在房內吼。福陞別等了，人家不吃的飯倒給狗，老子發脾氣了。此時的兒子再也忍不住，步出房門坐在廳堂上，鄭重地對父親說，吳啟新要娶王巧鳳，你主婚也罷，不主婚也罷，我要帶她私奔。我這就去告訴她，說完跨上自行車離家。

今晚鳳兒才端起飯碗，聽見大門被拍的震耳，打開是怒髮衝冠的吳啟新，叫他把車子提過門檻，說吃了火藥啊？不嫌冷飯剩菜來一碗吧。見對方沒反對，知道他餓了，裝了飯，說窮人家只有鹹菜蘿蔔，請隨便。吃慣魚肉的公子哥兒覺得飯菜香，又要了一碗。鳳兒心想，乾媽還沒吃呢，鍋子已經見底。

「跟父親鬧意見啊？」鳳兒明知故問。

「我告訴吳老爺，他家少爺要結婚，要娶王巧鳳。」

「哦，王巧鳳答應啦？」鳳兒諷之。

「這，這，你不嫁我嫁給誰？你知道趙兄有妻室。」吳少爺急了。

「是嗎，除了趙吳兩家，沒有別的男人了？」鳳兒翹起下巴。

「難道你喜歡錢光輝兄弟？如果是他，我願意退出。錢兄是條漢子，不過他更是個正人君子，即使喜歡你也不會瞎摻合，你騙我。」

「是誰與你不相干。」

「鳳兒，你明知我喜歡你，不要這樣對我。」

「你喜歡我，我就要嫁給你，是不是？」

「鳳兒，你不是沒有感覺，是考慮太多，怕門戶不相當，我說的對吧？可是我一點也不在意，真的不在意，我對天發誓，我吳啟新是真心愛你的，如有一句假話天理不容。」

「你不在意我在意，就這麼簡單。我不會答應你的，吳少爺。現在吃飽了，你可以回去了，請你爹放心，王巧鳳絕對不會嫁進吳家。」

鳳兒作了請的手勢，吳啟新只能拎起車，起飛腳漫無目的繞城一圈，找到一家小館子，灌下兩杯，七顛八倒地，半夜才歸家。福陞已經在周邊繞了好久，只見少爺放開車把手大喊大叫，一下子撞在電燈柱上，跌個四腳朝天。福陞顧不上車子，扶起酩酊大醉的少爺叩門。

第二天，吳少爺回鼓浪嶼去了。

二

民國三十六（一九四七）。

在楊思源的陪同下，趙自強遊歷了新加坡和馬來亞，喜歡上這個熱帶地方，深深為這裡燦爛的陽光、秀美的山、潺潺的河、碧藍的海、無垠的沙灘、神祕的熱帶雨林所吸引。想想過了半輩子，在生意場上絞盡腦汁費盡心機，有必要為自己的下半生找一處安樂窩，悠哉遊哉地過清閒日子。楊兄帶他資詢了法律人士和入境處，掌握移居此地的首要條件，即必須選擇投資項目。

老楊說朋友曾介紹一座油棕園，自己之前考慮過，但一時資金不足，如果趙兄有意，不如咱倆合作一起來搞。棕櫚油是大豆油的主要競爭對手，其他對手包括菜籽油、葵花籽油、花生油、棉籽油、橄欖油等。他日若有能力購置壓榨機，配套生產前途無量。趙自強親自察看園地，調查有關資料，確認可行。趙自強遂與楊思源合資成立一家公司，各占一半股份，買下舊油棕園，並委託律師辦理了移民申請。

其他後續手尾由楊思源辦理，趙自強啟程回國。同行的有楊思源的小兒子楊握瑜，小子二十七歲，唐山出生卻幾乎不識中文字，講起話中英文夾雜，閩南話倒是會聽會講。老楊說他一直想回唐山，今次讓趙兄弟帶你回鄉走走，最好跟他們一家人同時歸來，免得你媽擔心。

當趙自強帶楊握瑜到承天巷的家時已是半夜，睡眼矇矓的雷秀花開門說，趙少爺這麼晚啊，快請進！女傭以為後面穿大花襯衫的，或是唱戲的朋友吧，沒怎麼愛理睬。楊握瑜惱了，大聲抗議：「紅花魚，大小目！」小時候大人叫他稱秀花姨，孩子背後偷偷叫她紅花魚。雷秀花吃了一驚，說大小子你是哪個？秀花姨，我是握瑜！楊握瑜！別嚇秀花姨，你真是小少爺？如假包換！小楊索性抱著雷秀花，又跳又鬧，吵嚷要吃油甘枝（糖葫蘆）。別吵了，有人睡覺呢。見趙自強在一邊傻笑，雷秀花說，趙少爺快回去，路上累壞了。趙自強對楊握瑜說，快去睡覺，明天十點鐘來帶你上街。

雷秀花替小主人燒了一大鍋水，讓他舒舒服服地洗澡，又煮了碗雞蛋線麵，一定要他吃下去。楊少爺嘟嘟囔囔，我這麼胖，還要逼我吃。秀花姨仔細打量小子後將身體靠上去，發覺只夠他腋窩下，堂堂七尺男兒站著似一扇門板，概嘆自己老了縮了水。

回到桐城首要考慮將《連達茶莊》放出去，此事須與吳志明商討，吳爺人緣好路子廣。這日趙自強帶楊握瑜到藝園，把客人扔給鳳兒，自去吳爺的辦公室。

吳志明聽了侄兒的打算大吃一驚，雖說光復了，人們還是擔心，近年放棄生意跑南洋的商家不少。他一口答應即時找買家，但要價錢合宜不能太虧。趙自強說有商量，讓人有點賺頭才行，反正自己一定要走的，那邊已經投資了。宅子留給母親住，她不肯走。至於《連贏茶莊》乃獨立公司，應該沒有影響。吳叔說我過兩天正要去山城結一結帳。趙自強問吳兒弟常回來嗎？臭小子發我脾氣，已經幾個月沒回泉州了。

且說楊握瑜上了二樓，見到有家咖啡屋大喜過望。幾天沒咖啡喝癮都上來了。煮咖啡的俏姐兒一眼就把他的魂兒勾了。我認識你，花衣男說。胡說八道，咖啡女答。我不說謊。你就說謊。我爸說你與我們家有緣份。你爸是哪個？我爸彼得楊，楊思源。跟著說了句英文。久已荒疏英語的鳳兒索性用英文和他交流，這小子講中文疙疙瘩瘩，說起英文流利無比。鳳兒的大眼瞪得更大了。

你爸憑啥說我和你家有緣份？因為你小時穿我們家的衣服，大了住我們家的房子，這就證明你是我們家的人，你等下要與我一起回去。咖啡女起初覺得被人數落，臉紅得像紅蘋果，後來冷靜沉思，覺得有道理，人家不是數我窮，而是強調冥冥之中有安排，那種誰也說不清的關係。姑娘突然對面前這花衣男親切起來，說是的，下了班就會回去，原來昨晚吵吵鬧鬧那個人是你。花衣男開心地笑起來。

現在是我的工作時間，你可以去其他地方玩玩。不要，我就是喜歡看著你工作。除了煮咖啡，你還要做什麼工作？煮茶。煮茶？不相信？不相信。那就請你過隔壁茶道室，我替你煮茶。

花衣男見隔壁的裝潢不一樣，對茶具非常好奇，說煮茶也有藝術？當然。煮什麼茶用什麼水不含糊。我給你說一個故事，你知道蘇東坡嗎？花衣男搖頭。蘇東坡是一個大文人，不過他也有小聰明。宰相，呵不，他的上司王安石囑付他取長江瞿塘中峽的水，蘇東坡睡過了頭，想撥轉船頭已不可能。他私下暗想道：三峽相連，一般樣水，何必定要中峽？上船前曾叫手下買個乾淨磁瓮，便將下峽水滿滿的汲了一瓮，敷衍了事。豈知王安石茶灶中煨火，用銀銚汲水烹之。先取白定碗一隻，投陽羨茶一撮於內。候水滾急取起傾入，其茶色半晌方見，便判斷乃下峽之水。

這麼厲害！花衣男說，不如你煮一盞給我試試吧，我才不管什麼水，只要是你煮的一定好喝。於是鳳兒從頭到尾表演了一遍茶道，教他怎樣聞香、啜飲、品嚐。好茶！好香！鳳兒好厲害！這時趙自強上來，說楊握瑜好小子，一上來就泡妞捨不得走。看來你們投契，中英文大會戰。讓我也喝一杯。

三

楊握瑜一早就起床，在南洋天天游泳，家裡有泳池。回到桐城入鄉隨俗，見到承天寺有人打拳舞刀弄棒，他就湊上去學了個大概，在家中院子裡胡亂比劃。別看小子粗枝大葉，他冷眼觀察鳳兒喜歡茉莉花，清晨摘下一朵朵沾著露水的小白花，裝在藍瓷碟上，恭敬地端到她房門口，置放在圓凳上，讓姑娘一開門就看到。鳳兒很感激這胖大小子的細心，打好兩條大辮子，將茉莉花嵌入髮辮髮梢，渾身上下洋溢自然的芬芳。楊少爺總是高興地湊近她的頭髮，誇張地嗅嗅，說聲：真香！

小楊打算過兩日去廈門看看二娘和小妹，在那邊玩幾天。今天仍要做鳳兒的跟班。初時他想摟抱美女的蛇腰，被鳳兒猛拍一下，很是生氣。記住這裡不是南洋，姑娘教訓他。是！遵命！穿夏威夷衫的男士莊重起來。兩人穿街走巷，傾聽那些賣花賣早點女孩低吟淺唱的叫賣聲。最吸引眼球的是來自東門外的蟳埠女人，頭上一圈圈含苞玉蘭花或玉芙蓉，腳下玄色香雲紗大燈籠褲，肩挑蠔、蚌、鮑魚、螃蟹，不用叫賣，要買的人家自動開門請進。

這一陣子趙自強忙著，有楊握瑜做保鑣，他挺放心的。曲藝園就那麼些功夫，若沒有特殊客人，上午時間鳳兒就在南音園場，幫茶博士洗杯沖茶水。她怕小楊悶，叫他去打彈子。時間尚早，庭院周邊檯櫈上寥寥無幾，唱南音的姑娘和彈琴師傅午間才到。鳳兒從井上打來一桶水，動手清洗杯盤茶盞。

美女，來兩杯黃山時雨茶！鳳兒抬頭見來了兩個男人，一老一少。請稍等，這就來。她停下手中盤盞，傾水入壺燒起來。先含笑遞上一杯予老者，此人五十上下年紀，仔細打量女招待一番，待鳳兒去取第二杯時，對年輕那人說了什麼。鳳兒端來第二杯，敬獻給後一位，那小子突然抓住鳳兒的手不放。請君尊重，鳳兒漲紅了臉努力抽出手。假什麼正經，不過是陪男人的舞娘！年輕人耍起流氓來。

此時周邊的客人喧譁起來，茶博士找不到吳爺，許助理說老總剛剛外出，趕忙上來調解。那老者或想不到隨來的人會鬧事，說在下老眼昏花搞錯了，莫要生事，莫要生事。只是那年輕人還嘴硬，罵了聲：臭舞女，不過是男人玩物，扮什麼高貴！說時遲那時快，一個大塊頭花衣男衝進人堆，抓住那人衣襟，一拳揍下去，鼻血噴出。花衣男還不解恨，還想揍他，終被許少鋒等人勸阻。老者一再作揖道歉，說對不起姑娘，拖著尚流血的年輕人離去。

鳳兒一眶淚水躲到樓上茶道室，反鎖上門不理小楊敲門。我沒事，你別來煩我。花衣男向許助理借了輛腳踏車，尋到趙府，趙家人說少爺去了店鋪。問過店鋪地址，花衣男又朝南街飛去。講述了事情經過，趙自強說，你不是要去廈門嗎，不如帶鳳兒一起去，玩起來也有個伴。好主意！趙兒最知我心！去準備吧，鳳兒的事我與吳叔交待得了，放她幾天假。

感謝上帝！花衣男突圍而出。

四

下班前吳志明踅回曲藝園，無意間見夥計們交頭接耳，進辦公室問許助理出了什麼事，許少鋒如實告知。老總立即交代助手明天出一趟公差，小子奉命很快完成鼓浪嶼之行，回來呈上一份報告。王巧鳳果然如吳總所擔心，日偽期間是琴島《黑貓舞場》的舞孃，和趙自強同居於安海路，與趙、吳、錢三公子義結金蘭，和平後回泉州尋父母不果。他的眼前馬上浮現二十多年前傅盈盈的倩影，顯見趙公子步了其父趙連達的後塵。老子娶了義兄趙連達的女人，難道兒子也得接受趙自強的女人！他的心臟突然抽搐起來，感受到劇烈的痛楚。

「老總，你怎麼啦，要不要叫醫生？」許少鋒見上司臉色蒼白直冒冷汗，擔心地呼叫起來。

「我沒事。」喝了夥計端上來的熱茶，吳志明終於緩過神來，苦笑而言。「我明天去一趟山城，休息兩天。」

抵安溪吳志明對了一輪帳目，坐下來與傅盈盈品茶。聰穎的妻子看到他眉頭不展，問有啥心事不能說。丈夫嘆了一口氣，說兒子如癡如狂地愛上一位姑娘，對方確實才貌一流，只是……

「只是怎樣？」妻子急了。

「只是那女孩美的令人心動，卻又令人不安，我不知該怎麼形容。況且她的出身……」丈夫囁嚅。

「這姑娘是鳳兒？」傅盈盈衝口而出。

「你見過鳳兒？」吳志明奇怪了。

「這一陣子我也十分不安，尤其想不透，姑娘為什麼予我一種奇怪的感覺。」妻子敘述了趙家少爺帶她來山城的經過。

「你說什麼？她的養父母是演木偶戲的？」丈夫急了。

「謝君榮調查過的。」傅盈盈點點頭。

「天哪！」吳志明衝動起來，猛刮自己雙頰，幾近歇斯底里。

「怎麼啦，你別嚇我。」妻子幾乎哭出來。

「傅盈盈，假如沒有搞錯，鳳兒是你的女兒，我們的女兒……」

吳志明說起自己怎樣威逼女傭，從劉嫂嘴裡得知，錢氏要將女嬰送去開元慈兒院，劉嫂不忍心，祈求佛祖保佑，放在開元寺大榕樹下，親眼看到一個男人將女嬰抱了去。她一路跟蹤，竟是住在通政巷斜對面的鄰人。查出這家人是木偶戲班主，王氏夫婦沒有生育視如己出，帶著孩子四鄉去巡迴演出。至於後來為何會去濱城就不得而知了，調查也因打仗中斷了。廈門淪陷時咱三家的少爺恰好在那裡，他們成了好朋友義結金蘭。

「我該死！我該死！我還怕她勾引趙家少爺。趙自強似乎什麼都知道，維護鳳兒如親妹子，難怪他責罵我為何不給他生個妹妹。天哪！我可憐的女兒！我怎麼這樣待她呢？哇哇哇……」傅盈盈歇斯底里了。

「不行，我得馬上回桐城，趙自強準備移民南洋，必須替他張羅出售商鋪的事，順便再落實王巧鳳的身世。」吳志明說走就走，飯也顧不上吃。

第十七章　執子之手

一

楊握瑜攜王巧鳳到了鼓浪嶼，回到鳳兒熟悉的安海路。楊太太見到兩人十分意外，看楊家小少爺緊傍鳳兒，猜出他們像對情侶，倒是格外開心。以前楊老爺吩咐鳳兒稱他們夫婦叔叔阿姨，親如一家。時隔十年，楊太太的女兒楊心茹已經十三歲，還是讀毓德女中。

「咱們可都是校友啊！我該怎麼稱呼二位啊？師姐、師妹？」鳳兒樂顛了。

小妹見了小哥，更是大呼小叫，楊握瑜把她抱起來旋轉，繞的她喊頭暈。

「三位毓德女中才女，今晚讓我這不速之客請你們吃西餐吧。」楊少爺自告奮勇。

「小哥一定是自己想吃吧，泉州那古城哪有西式餐廳，嘴饞了吧？」小妹揭穿小哥的祕密。

舊時那家西餐廳重新裝修，興旺的不得了。想起兩年前在此慶祝重光，哥們兒頻頻舉杯不醉無歸，不覺又過去兩年。回味多年相處，與趙、吳、錢三位情同親兄妹，可惜時不再來，尤其想到此時的吳啟新應該身在鼓浪嶼，姑娘心裡五味雜陳。難得這位前程無量的男子如此傾心，吳啟新是真心實意的，可是他不夠成熟不能自主。鳳兒也不能自主，儘管沒有誰約束自己，但生活無法隨人心意。許多事只能選擇忘卻，許多人只能擦身而過，鳳兒惟有把自己交託給主。不能多想，想了淚珠就要滾下來，忘了他們吧。

乾杯！乾杯！身邊的男子是個開心果，看出姑娘的惆悵，故意扮醜角，講自己怎樣出洋相逗小妹開心，無形中驅散去郁悶，增添生活的歡樂。細心的楊太太看出鳳兒的憂鬱，說小妹要做功課，你們兩位不必急著回去，去吹吹海風吧。

楊小哥拖著鳳兒的手，兩人沿著海邊散步。天清氣爽，遙遙望見對岸的海關大樓。灰色的海面上渡輪來來往往，船尾拖著白色泡沫。艄公努力搖櫓，小舢舨盪漾在波濤中。美不美？鳳兒對鼓浪嶼充滿驕傲的神情，主動問身邊的他。他們用英文交談。美！不過馬來亞更美。

鼓浪嶼方圓才二平方公里，而馬來亞擁有四千多公里海岸線。寬廣的海岸線造就獨特的海邊風情，岸上椰樹、橡膠、油棕、檳榔成林，蜿蜒不盡的金銀沙灘、清亮廣闊的海灣、悠揚自由的海風，大自然賦予島嶼神奇的海洋生物。原始熱帶森林裡除了蔥翠的植物、繽紛的花卉，還有各種野生動物和奇珍異獸。

楊公子的滔滔不絕令鳳兒刮目相看，原來自己才是井中蛙。

馬來亞半島西北的檳榔嶼擁有「東方珍珠」美譽，是首屈一指的休閒島嶼，不僅有碧海藍天、細白沙灘的悠閒情調，更有豐富的歷史古跡及人文景觀，處處古意盎然，恬靜美好。檳城彙集多元文化，從早期印度文明的傳入，到荷蘭、葡萄牙人、英國人的殖民，因各族交融展現出豐富多樣的傳統、信仰和藝術文化，燦爛而迷人。首府喬治市是個景色秀麗的港口，有許多古雅的建築，登上升旗山可將檳城風光盡收眼底。

「鳳兒閉上眼睛想像一下，陶醉在搖曳的椰影中，是怎樣的一種感受？」當鳳兒果真閉上眼時，小伙子話鋒一轉劈頭蓋腦來一句：「你願意跟我去南洋嗎？」

只見他一直掖著的另一隻手彈出一支玫瑰，那是西餐廳桌上的擺設。男士跪下一隻腳，將玫瑰送到姑娘面前。嫁給我吧，我要帶你走遍南洋群島，呼吸熱帶的海風，過自由自在的生活。姑娘不反對，即是答應了。小子興奮地拖著女友的手跑起來，鳳兒不曉得他玩什麼把戲，幾乎喘不過氣。

剛才繞了小半個圈，現在回到龍頭路，一個夥計正要下門板，遲來的顧客高呼叫：「Please wait！」硬是闖進就要打烊的首飾鋪。店家見有生意並不趕客，笑逐顏開急忙接待。小伙子抓著女朋友的手放上櫃檯，示意老闆要戒子。閃亮的鑽戒戴上美人玉手，熠熠生輝。當著店員的面，楊握瑜擁鳳兒深深一吻，周圍響起鼓掌聲。

鳳兒沒有想到這麼快就決定了自己的終身。能怎樣呢？沒有父母為自己祝福，終究是美中不足，此時必須做一件頭等重要的事。只見她沉著地挽著他的臂膀踏上安海路，她和他走進教堂，誠心誠意地向主禱告，求主見證兩人的相愛相偕。

「楊握瑜，你不會介意王巧鳳沒有父母吧？」鳳兒正色問。

「不會，我們都是主的兒女。」愛人義正詞嚴。

王巧鳳要未婚夫跟她逐句讀出：「死生契闊，與子成說；執子之手，與子偕老。」而後取下跟隨自己二十四年的銀鍊子，戴到愛人的項上。

小哥要求二娘聯繫教會，主日請牧師主持他們的婚禮，二娘代表楊家作主婚人，許多主內兄弟姊妹見證了他們的婚姻。楊握瑜和王巧鳳有情人終成眷屬。楊公子又恭請二娘給父親寫信並寄上婚照，接著到領事館辦理一應手續，申請王巧鳳的出國護照，然後兩人攜手琴島渡蜜月。

二

十幾年前父母來此沒能帶他們遊琴島是鳳兒永遠的遺憾。今天一定要和丈夫走遍小島每一個角落。首要上岩仔山。清早起來爬山不覺熱，就帶他從上面俯瞰全島。

人人都道，沒上過日光岩就不能算到過廈門。日光岩即晃岩，俗稱龍頭山，是鼓浪嶼的最高峰，高九二・六米，相傳在一六四一年，鄭成功來到晃岩，看到這裡的景色勝過日本的日光山，便把「晃」字拆開，稱之為「日光岩」。日光岩寺是一塊巨岩覆蓋的山洞，稱「一片瓦」，因每天凌晨，朝陽從廈門五老峰冉冉升起，該寺首先沐浴在金色的陽光下，日光岩寺的門口，位於鼓浪嶼龍頭山頂。民國二十五年（一九三六）一代高僧弘一大師曾在東廂寮房閉關養靜，並且為樓房題匾，稱之「日光別院」。

日光岩有一景，大石頭上刻著「鼓浪洞天　鷺江第一」，氣勢十分磅礡。前四字「鼓浪洞天」乃於一五七三年，由江蘇丹陽人、泉州府同知丁一中所書；後四字「鷺江第一」系清道光年間寓居鷺島的長樂人林鍼發所刻，前後相差二百年。

「半唐番，你可別搞錯，以為是同一人所為！」鳳兒一再叮囑。

「Yes！」楊公子霧裡看花，洗耳恭聽。

其次遊覽叔莊花園。叔莊花園是臺灣富商林爾嘉（又名叔臧）以其名字諧音命名興建，以寄託思念臺北板橋故園之情。花園利用天然地形巧妙布局，全園分為藏海園和補山園兩大部分，各景錯落有序，園在海上，海在園中，既有江南庭院的精巧雅致，又有海鷗飛翔的雄渾壯觀，動靜對比，相得益彰。園內還有四十四橋和十二洞天著名景點，遼闊的海域是其亭台，隔海的南太武山脈是其圍牆。前方巨石上，明代大書法家張瑞圖筆書的「海闊天空」四個大字令人引發無盡遐想。

「鳳兒，假如沒有你在身邊，我想念南洋了。」小楊坦白。

鳳兒心裡可憐起這個離開父母的大小子。

最精彩的節目乃游泳。鳳兒看出楊握瑜早已無水不歡，覬覦海灘好久了。港仔後人太多，孩子們已開始放暑期，廈門人貪近路，一上岸走幾步就到。鼓浪嶼居民才不去那些人多之處「插霜條（冰棒）」。

兩人特地經安海路繞雞山路，在交叉路口轉向南，這一帶位於日光岩西麓，三面環山南面朝海，形成一片馬蹄谷地。漫山遍野花木樹林，稀稀落落有錢人家的小別墅小花園，不少房子屬於教會或老外的產業。一直走到海邊，要下好多級臺階才是沙灘，沙很稀少可見到陸地。鳳兒在桐城住了兩年，不知不覺受了當地人的影響，變得拘束端莊。以前在毓德女中，女孩子穿著泳衣，肩上搭條毛巾，隨意走在路上。現在的她古板了，泳衣外是連衣裙，包的密密實實。真個變成鄉下婆娘了。

脫下裙子的姑娘讓男士們眼前一亮，玲瓏浮凸的身形一覽無餘。有人吹起口哨，也有人按起快門。鳳兒一躍入水向前衝刺，游了頗長一段距離，在滔天白浪中時浮時沉，紅色泳衣泳帽徜徉在白色浪花上，像海鷗戲水自由起舞。已經很久很久沒有這種打開心扉的感覺。大海可以平靜也可以沸騰，可以溫柔也可以咆哮。最溫婉的性情也有最執著的一面。被人遺棄的孤女終於穫得人世間的愛，感恩而虔誠。不曉得是否感動了上帝，首先被感動的是那個胖小子，亦步亦趨緊緊相隨，鳳兒已成了他生命中的一部分。

夕陽西下，沙灘上金光閃耀，海水開始退潮。兩人游罷上岸，在澡房沖了自來水，換上乾淨衣物，卿卿我我踏上原路歸家。見到夕照下的鳳兒像個金人兒，楊握瑜忍不住將她摟住，讓小女人膩歪在自己闊大的身軀。經過三一堂，拐過去就到家了，鳳兒看見門口兩個身影，慌忙把男人推開，喝問什麼人鬼鬼祟祟？呵，該來還是來了。原來吳啟新夥同錢光輝尋上門來了。

兩位哥哥請進去吧，又不是第一次來，還客氣呢。阿姨，這兩位是我的兄弟，吳兄在中南銀行任經理，錢兄在巡捕房做事，認識他們好辦事。又向兩位介紹了楊太太。剛要介紹新婚丈夫，傭人捧上咖啡，楊握瑜就拿著溼衣服到後面去了。

別來無恙？鳳兒的眼睛問住吳啟新。老樣子，吳啟新無精打彩。錢兄呢？鳳兒繼續盤問。吳爺見少爺久未回泉州，說家有急事叫我們都拿兩天假，務必盡快回泉州，抵達直接到吳兄府上。發生什麼事？鳳兒聽了也著急，畢竟曾經唇齒相依。不曉得，吳兄不肯原諒父親，說不答應他的要求不回去。我剛剛提起前天在龍頭遠遠地見到鳳妹，吳兄硬是要過來看看。看什麼，我這不好好的，快回家去，老人家氣不得。過兩天我也回泉州，屆時咱們藝園再見吧。說著連推帶送，與錢光輝合力把吳啟新「請」了出去。

三

當吳、錢兩兄弟回到泉州時，吳府家中聚集了趙、吳、錢三家眾人。傅盈盈已是女主人，本該忙活的她卻六神無主，淚雨汪汪，反要人家照顧，劉嫂不斷遞手巾。吳啟新不曉得老子唱的哪齣，我只不過說要帶鳳兒私奔，你們不主婚也用不著這等大陣仗呀！不對呀，傅姨與趙府沒來往，劉嫂、阿福怎麼也來了呢？吳少爺差點搔掉所有頭髮。小子以為開的親族批鬥會，就擺起死豬不怕開水燙的架勢，大大咧咧坐下，聽任眾人轟炸。

吳老爺先開口，說二十四年前趙連達老爺不幸出事那日，傅姨誕下一女嬰，大太太錢氏認為嬰兒是尅星，硬是逼傅姨，要嘛帶女兒消失，要嘛丟掉嬰兒下鄉照顧趙老爺。那女嬰本要送去開元孤兒院，劉嫂慈心祈求佛祖，得到木偶藝人王添裕夫婦的收養，他倆四鄉演出傾盡所有供女兒上洋學堂。後來打仗廈門淪陷兩夫婦相繼病死，女孩生活無著落當了舞娘，她就是你們三兄弟的誼妹王巧鳳。

吳志明一口氣說完臉漲的通紅，下人忙遞茶水捶背，傅姨不再克制哭出聲來。吳啟新似乎有些躁動想站起，被錢光輝強按了下去。吳爺休息了一會兒繼續補充下去：舅老爺、劉嫂、阿福都親眼見過女嬰，趙家少爺也見過鳳兒項上的十字架銀鍊子，楊家女傭雷秀花證實鳳兒自小與她一起生活，後來帶到鼓浪嶼留下讀書。說起來要感謝楊老爺的慷慨，王氏和楊家都是鳳兒的貴人。而今估計鳳兒已知自己是棄兒，恐怕姑娘難以接受。不是我們不想認她，而是估計她不肯認咱這班無情無義的親人！慚愧啊！

傅姨聽罷撕心裂肺號啕大哭。

吳啟新緊握拳頭大聲嚎叫衝出去，錢光輝和趙自強尾隨跟上。三兄弟聚在小酒館內，起先誰也不出聲，一支支酒倒下肚子後自言自語，東倒西歪盤盞狼藉。趙自強喃喃說自己早有預感，我是那麼愛她，那一晚喝醉了差點做錯事，上帝保佑，主的大能制止撒旦的魔障。錢光輝一向貌似淡然，多年來將情感壓抑在心深處，此時尤如被人當胸捅了一刀，滿腔熱血幾乎汩汩冒出。小伙子捶胸頓足：姓錢的不是人啊，姑姑歹毒老爺子沒擔當。

最痛苦的是吳啟新，與錢光輝一樣，兩人與鳳兒皆沒有血緣關係，可倫理上都是兄妹！這下全完了，依鳳兒的性格肯定不會原諒這班親戚，她不是聲稱絕對不會嫁入吳家嗎？親生母親恐怕也不會認，當初既然忍心拋下骨肉，今日又何須哭訴？吳啟新如何再敬重傅姨？錢漢生更是個大混蛋，沒有制止妹妹的惡行。

哐噹一響，吳少爺將手中酒瓶擊碎，割傷的手血淋淋。趙自強比較清醒，叫老闆快幫忙。老闆娘急忙出來洗傷口，撒上雲南白藥扎上綳帶，看來這種事小酒館時常發生，有藥箱備用。錢光輝搖搖晃晃地向店主道歉，趙自強掏出一沓鈔票，作揖而別。

趙、錢陪同吳啟新到他家門口，眾人皆都已散去。吳爺老兩口本已累極上床休息，聽見少爺回來福陞大呼小叫的，老爺子按不住出來瞧瞧，見兒子手上紮著的紗布滲透血跡，立馬搖了電話，叫醫生上來看看兒子的傷口，自己病蔫蔫的也得診症服藥。

在相同的時間內，楊握瑜、王巧鳳夫婦也趕返泉州。他們已經取得一系列文件，急於去國前完成下一個行程。當兩人手拖手抵達桐城老家時，雷秀花才打開門，胖小子便摟著「紅花魚」猛吻，大聲呼叫「乾媽」。乾媽見鳳兒一頭披肩電燙長髮，穿著絲綢旗袍高跟鞋，以為老眼昏花見到大明星。壞小子，娶了我乾女兒啦？乾媽果然聰明！胖小子乾脆當著乾媽的面吻他老婆，雷秀花掩面表示「冇眼睇」[1]，費事理你們瘋瘋癲癲。

兩夫妻決定去拜祭鳳兒的母親雷秀芬。雷秀花提供了許多信息，包括人名和地址，建議他們先回羅溪鎮老家，一來楊少爺難得回國，二來鳳兒乃楊家新婦，理應相偕拜過楊家祖先。所有事交由楊大全安排，雷秀芬娘家羅東鎮，她大哥若不在也有子侄。

鳳兒覺得乾媽言之有理，兩人便出發去南安老家羅溪，老族人見了小少爺都高興的合不攏嘴，楊大

---

[1] 冇眼睇，不想看，不想理之意。

全自然義不容辭，胸有成竹包攬下一切事務。兩位遠客竊笑，只消做現成木偶任人擺佈。打聽到羅東鎮雷秀芬哥已過世，鳳兒委託楊大全代拜祭養母娘家祖坟，鳳兒逐一獻上鮮花。兩人再尋到雷秀芬夫家，給了一筆錢安慰人家。所有之前的動作都是應景的，只有跪拜養母雷秀芬是真心的。鳳兒淚如雨落聲聲哭訴，對不起母親養育之恩，遺憾沒有回報的機會，把樂天的楊握瑜也哭的愁雲慘霧的。惟一能做的是安慰妻子，說天下的母親都是一樣的。

不一樣，鳳兒否認。

你說這世上若沒有殘忍的母親，孤兒從何而來？我雖有父母，但感覺上有孤兒的情結，至於為什麼也弄不清楚。我也不想理清這種思緒，但我將來一定會是個好母親，我不會讓骨肉分離。鳳兒沒有對丈夫坦白的是，她曾經見到趙自強的銀項鍊，與自己的一模一樣。她曾經裝酒醉考驗趙兄，也發現他產生同樣的疑惑，在心裡覺得兩人應該是兄妹。除了那銀鍊子，還有傅盈盈給她的感覺，自己將來老了或者就是那模樣！

感謝主賜予我一條新路，不必攪和在趙、吳、錢家族中，鳳兒將遠走他鄉，去追尋新的人生。再見了家鄉！

第十八章　揚帆遠航

一

當趙、吳、錢三家喧譁慨歎躁動不已之時，王巧鳳無比輕鬆，才走過二十四年人生路，沒有必要放不下任何人和事。楊握瑜收到父親楊思源的信，讚賞小兒子好眼光給自己討了好媳婦，就等你們南來辦喜酒，最少五十圍。得到父親的首肯，胖小子揚揚得意，說為什麼都說我討了好老婆，不說鳳兒嫁了好老公呢？不公平啊！本來就是不公平啊，我一個弱女子千里迢迢遠行，豈知是孤鳥入林還是羊入虎口呢？什麼什麼，別欺負我不懂中文，我家都是「羊」，說不定你才是老虎呢，母老虎！母老虎來了，咬死你這隻「羊」！兩人逗個沒完。

雷秀花說別玩了，該辦正經事。又有啥正經事呢。胖小子又不明白了。你就懂討老婆，我乾媽嫁乾女兒，要不要派喜餅啊。對啊，雖然我沒有父母家人親戚，也還有朋友，怎麼忘了呢。派喜餅即告訴所有人，宣布王巧鳳名花有主嫁人了，你懂嗎？傻小子！那樣更好，其他男人便不會再打你主意了。小楊開心極了，忙問該怎麼派呢？鳳兒說，就叫餅家給趙、吳、錢三家送去，要風風光光大方得體，不能寒酸，每家送一大籃。

兩人跑到餅鋪，告訴要三份最體面的嫁女餅，用最大號的竹花籃裝滿。老闆試裝了一滿籃，鑲上紅色玻璃紙，看起來光鮮亮麗挺不錯。燙金的卡片怎麼寫呢，老闆喃喃念了許多賀詞。鳳兒說不用啦，只寫八個字：巧鳳于歸，趙兄笑納。地址是通政巷某號趙府。另外兩份我給你地址，分別是吳兄和錢兄。

當他們收到喜餅，會是怎樣的一種心情？鳳兒禁不住竊笑。

趙府收到出名的店家送來一大籃禮餅，指明不收回禮，劉嫂怯怯地告訴老太太。錢氏說咱哪門子親戚嫁女，巧鳳是誰啊？劉嫂嚇得不敢透氣，裝著事不關己。太太說，是自強的誼妹出嫁。為什麼沒有父母主婚派請柬？恰好趙自強的店鋪已經順利售出，這陣子一直在家收拾行裝，聽見了回答母親說，人家被遺棄沒有父母，自己把自己嫁出去。劉嫂說阿彌陀佛。錢氏心下狐疑，可是老糊塗了猜不透，搖搖頭念經去了。

錢府同樣收到禮餅籃，錢光輝已經回廈門去了，他老子見到燙金卡片，搖頭嘆息，錯在當年遲了一步，沒能阻止妹妹糊塗一時，釀成今日後悔無窮、良心不安。

禮餅籃送至吳府時，傅盈盈明白鳳兒不會原諒生母，哪怕當年自己出於無奈。是啊，換成是我，生母把你帶到這個世界，又為了她個人的安生，將之扔給毫不相干的人，才一個月大，多麼忍心！怎麼配女兒相認諒解呢？禽獸不如啊！女人嗚嗚咽咽，以淚洗面也洗不掉自己的過失。

鼓浪嶼吳、錢兩位公子夜夜碰在一起，收到鳳兒出嫁的消息，更是清酒為水灌愁腸。吳啟新找到一個難得的機會，臺灣華南銀行招聘經驗融資經理，他懇請總裁出具工作表現證明，參加應聘獲取錄，也不與父親商量，直接上任去了。錢光輝說哥先過去等我，小弟有公務即將出差，若在那邊有位置，我也考慮與你作個伴。咱光棍一條，到哪不都一樣。

趙自強一家四口啟程南行那日，錢漢生和吳志明夫婦送行至廈門太古碼頭，依依惜別難捨難分。

重光後舅老爺退休，老婆也死了，小兒子不聲不響失了蹤影，後來才曉得小子去了臺灣。老錢替大兒子養了八年的家，現在他們嫌他囉唆，扔下老人任其自理。錢老爺既已成老光棍，有地方湊熱鬧還能沒有他的份？吳家少爺一聲不吭跑到寶島，傅盈盈知道全因為自己。鳳兒沒有恨生母，倒是吳啟新替王巧鳳恨恨不平，不肯原諒繼母不再敬重傅姨。以前趙家少爺很明白事理，現在他帶頭遠走高飛。年輕的都走了，留下老一輩承受自己的過失吧。

傅姨徬徨之際忽然看見甲板上一個側影，這位年輕女人好眼熟。雖然僅僅相處一夜，她的一舉一動、一顰一蹙，都在自己心裡。那是年輕的自己，時光倒退二十四年，傅盈盈就是那個樣兒，只是穿著打扮不同而已。瞧她身旁那男子，可謂疼愛老婆的傻瓜模範。胖小子正拿著雪糕筒，你一口我一口地秀恩愛。我不該埋怨，哪怕她不肯相認，作為母親也要為女兒祝福。此去或再無相見之機，但總算找到趙家的女兒，也該告訴她生父和爺爺，他們泉下有知定感安慰。趙自強也去南洋，哥哥一定會照顧妹妹，趙老太爺、趙老爺，你們放心吧！

二

一九四九年七月，中國人民解放軍第十兵團在葉飛司令員的率領下進軍福建，八月十七日省城福州解放，八月二十四日成立福建省人民政府。桐城方面，錢漢生因警察局長的身份被鎮壓，哪怕未必有殺人越貨的實據，僅憑過氣警察局長的官銜也該死有餘辜。大兒子一家都東渡而去，劉嫂陪同錢氏去收尸，家人必須繳交五百元（五分錢）子彈費。看到大哥腦袋開花腦漿溢出，錢氏當場昏倒，後來瘋瘋癲癲的，幸有劉嫂照顧，南洋的兒子時時匯款來贍養母親，五年後病卒。之後多年劉嫂肩負起照看趙府的責任。

曲藝園被定性為反動階級的娛樂場所遭解散，吳志明等人被強制參加一輪政治教育。由於一名地下黨領導作證受過其掩護，吳戴罪立功免入囹圄，被允許回山城與妻共同經營《連贏茶莊》。一九五六年新政府對民族資本家和私營個體勞動者進行社會主義改造，傅盈盈的茶莊被公私合營，夫婦兩人成為店夥計，受阿祥領導。不識字的阿祥入黨當了茶葉公司支部書記。吳志明一九六五年病逝，享年七十五，慶幸免經文革之苦。

八月三十日安溪縣城解放，九月成立縣人民政府。吉祥鎮趙家莊的老人早都去了，茶山全部歸了公，舊宅子成了公家的倉庫，茶葉收購由國家茶葉公司經營。趙家莊的村人進城，依舊在傅盈盈府上下榻，傅姨仍是眾鄉親的傅姨，趙家墓園年年清明有她的足跡。晚年有吳巧稚、謝曙光母子陪伴，壽高八十無疾而終。

謝君榮被指為反動三青團骨幹，解職回鄉務農，一個人住在后垵老家三十年，挑糞、種地、養蜂、種木耳，四眼書生成了地道的泥腿子。妻子降職為普通教員，帶兒子仍住縣城老宅子。謝君榮對妻子說，咱們離婚吧，別影響你和孩子。吳巧稚不答應，說你沒做錯什麼，我也絕不後悔。

初時村裡開大會批鬥地主富農，有個乳臭未乾的小子自告奮勇，問拉不拉謝君榮陪鬥。他那貧農爺爺一巴掌砍過去，說沒有謝老師的父親捐款，咱村學校從何而來？不是謝老師堅持執教，這學校早垮了！你們都成了睜眼瞎子！於是村農會才作罷。文革期間謝君榮受鄉親庇護未遭特別衝擊，遲至一九七八年六十歲時方得以平反。

洪祖名身為山城共產黨地下組織成員，解放後榮任山城首任縣長。縣委會就在南街舊縣府，那是以前錢漢生經常出入的地方。有一回大塊頭晚飯後心血來潮，信步踱到傅家來。自古「官不入民宅」，吳志明夫婦誠惶誠恐。縣領導人倒是大方親切地叫了聲傅姨，問巧稚妹在嗎？吳巧稚正在教兒子功課，立即讓孩子出去玩，恭恭敬敬奉茶請洪長官上坐。洪祖名說，怎如此見外？咱們是師兄妹啊。吳巧稚道，此一時彼一時也。洪祖名曰，願聞其詳。吳巧稚答，彼時同窗校友共赴國難親如兄妹，此時你是官我是民，怎敢唐突造次大不敬？洪祖名甚為無趣未有再造訪。

洪縣長娶了位根正苗紅的農村姑娘，鄉下人田裡耕種山上砍柴，風吹日曬雨淋，皮膚嫌粗糙，言語粗魯點，頭腦簡單些，倒也粗眉大眼、身材板正，即使識字不多，也愛丈夫愛家庭，四年為洪家追了三個女兒。新婚姻法給予新社會婦女綜身保障，雖然法律明文規定人民有結婚和離婚的自由，但誰不怕始亂終棄、喜新厭舊等道德上的罪名，一紙婚約如腳鐐手銬，千斤桎梏永難脫身，將多少人的一生捆綁住。薄紙千鈞的結婚證書光芒四射，捍衛著男女雙方的神聖權利，保證他們名正言順地生兒育女，身為百姓的父母官，眾目睽睽，更要以身作則步步為營。

解放後政治運動如雨後春笋，土改鬥地主分田地，鎮反、肅反、三反、五反，互助組、合作社、高級社、人民公社，整風、反右、放衛星、除四害、拔白旗，公私合營、增產節約、大煉鋼鐵、三面紅旗，四清、農業學大寨、文革、一打三反……開會傳達上級指令，報告總結工作經驗，下鄉下基層蹲點，小心翼翼惟恐表錯態站錯隊。官場上衝天幹勁回到家疲憊不已，想與人交流幾句心中話語，回應的總是夢囈般的「餓了吧？飯菜熱在鍋裡。」接著鼾聲如雷貫耳。洪祖名惟有急急躲到書房去，忍受不了兩隻風箱的二重唱。

擁有高官厚職、身居政府大院，哪個下級或市民路上見了不是必恭必敬？然而洪祖名心中的痛苦和疑惑有誰知？黃昏時悄悄地徘徊在溪岸邊，讓溪水恣意漫過鞋襪，讓山風吹散無盡的惆悵，此時難免回想起多年前的初戀，她踢著腳下的卵石子，依偎著他的臂膀，徜徉於溪邊塗灘。而今孤獨的她蒙難，卻擺出「詩酒傲公候」的作派，分明是替舊日的朋友避嫌疑。幾十萬人之上的縣官老爺除了確保自己的烏紗帽，又能做什麼？

謝曙光一九六四年由農林學院畢業，分配到山城最邊遠的林場當技術人員。一九六六年始洪祖名縣長在文革中讓紅衛兵掛牌遊鬥，遭拳打腳踢剃陰陽頭，之後被關進牛棚多年，當婦女幹部的老婆只會哭哭啼啼。兩個妙齡女兒下鄉到深山老林插隊，下水田耕耘勞作、到嶺上扛毛竹，多虧大哥謝曙光百般照顧免吃不少苦頭。這豈非吳巧稚的意思？共產黨員洪祖名在落難中感觸良多深刻反思，逐漸洗去官老爺作派，不再高高在上自以為凡事正確，少了黨性多了人性。當他官復原職後銳意改變一向的作風，肯為平反歷史冤案奔走。

楊思源的女兒楊心茹一心向往北京協和醫學院，楊太太親力親為經營龍頭大茶莊，為女兒儲蓄昂貴的學費，據悉每年需要繳交四五百個銀圓。世事難料，待女兒中學畢業祖國解放，北京協和醫學院亦停辦了。心茹惟有報讀福建協和大學與華南女子文理學院合並的福州大學。

一九五六年公私合營茶莊歸公，女兒也大學畢業了。鼓浪嶼的毓德女中與懷仁女中合並為廈門女子中學，之後又與其他學校再次合並，成為廈門市第二中學。從此楊心茹成為一名中學教師，可惜一口流利的英文無用武之地，只能先教教音樂課，課餘再攻讀俄文，之後轉教俄文科。母女相依為命，膽戰心驚度過一個個運動。楊思源終老南洋未能再回國。

雷秀花階級覺悟低甘為楊家忠僕，泉州老家不及廈門地區雷勵風行，尚未來得及大舉推出房地產改革，承天巷楊家大宅因施行華僑政策倖免充公。羅溪族人若有進桐城辦事，這宅子便成了楊氏公寓，日見破舊卻沒人有能力維修。乾媽雷秀花雖無子嗣仍能於大宅內壽終正寢。

白雲蒼狗。當國家實施改革開放政策之時，歷經過無數苦難的前輩相繼離世，飄泊天涯海角的子孫何時回來尋他們的根呢？祈願上主賜遊子們健康福壽，願主與你們同在。阿門！

附記

二〇一六年三月二十七日—四月十八日筆者大感冒三周，於病中匆匆完成初稿，病情因休息不足而加重，續延藥中西醫又三周。此作初擬連載文藝副刊，卻因國內朋友無法瀏覽患得患失。承摯友唐同康暨吳奕勵極力鼓勵，方下決心交付出版社。

吳奕勵：原則上不要輕易放棄這個機會。師姐，我十分讚成您出版這本書。如果能讓我為完成您的心願出點綿力，我會感到無比榮幸。其實我很怕您怪我唐突，不過我真是很不捨您付出的心血，很願意為您出點力。

唐同康：姐，你是思潮洶湧，不能自已。倚馬千言，三周成書。在驚嘆仰慕之余，不由得令人擔憂，痛心！記得年輕時如不小心撞到什麼，總會說看看那東西撞壞了沒有。理由是，東西被撞壞了就不可挽回了，而身體受損過幾天就能恢復過來。現在，不同了！身體如果出了問題，可能很難再恢復元氣，最多只能維持現狀。不是嗎？請姐不要氣餒，養好身體，今後不要再搏殺就好了。以小弟之愚見，姐還是應該把《亂世兒女》生出來，千萬不要胎死腹中。須知這是你抱病完成的心血之作，一定要讓她面世才好！

實際筆者並無金錢上之壓力，只是心裡不痛快負氣而已，惟有仰天嘆息：「天下熙熙皆為利來，天下攘攘皆為利往。」文字何價？劃劃手機之快餐文化豈不更快捷？「倖去書來，落落大滿，素蟫灰絲時蒙卷軸。」自身尚且手捧電子書，又何須理會獲贈者不屑一顧，更不必憂「祖父積、子孫棄」矣。

交付出版後有一種感激之情和解脫後的輕鬆。感恩主完我心願，讓虛擬的文字固定在紙上；感謝所有支持我的朋友，僅以此書作為饋贈。

二〇一六年五月二十七日

獵海人

亂世兒女

——民初歷史小說

作　　者　李安娜
出版策劃　獵海人
製作發行　獵海人
114 台北市內湖區瑞光路76巷69號2樓
電話：+886-2-2518-0207
傳真：+886-2-2518-0778
服務信箱：s.seahunter@gmail.com
展售門市　**國家書店【松江門市】**
10485 台北市中山區松江路209號1樓
電話：+886-2-2518-0207
三民書局【復北門市】
10476 台北市復興北路386號
電話：+886-2-2500-6600
三民書局【重南門市】
10045 台北市重慶南路一段61號
電話：+886-2-2361-7511
網路訂購　博客來網路書店：http://www.books.com.tw
三 民 網 路 書 店：http://www.m.sanmin.com.tw
金石堂網路書店：http://www.kingstone.com.tw
學思行網路書店：http://www.taaze.tw
法律顧問　毛國樑　律師

出版日期：2016年7月
定　　價：250元

國家圖書館出版品預行編目

亂世兒女：民初歷史小說 / 李安娜著. -- 臺北
市：獵海人, 2016.07
面； 公分
ISBN 978-986-93145-7-2(平裝)

857.7 105010979